Ⓢ新潮新書

五木寛之
ITSUKI Hiroyuki

うらやましい
ボケかた

990

新潮社

うらやましいボケかた

最近、「認知が入る」という言葉を、しばしば耳にしたり、読んだりすることが多くなった。

「あの人、最近ちょっと認知が入ってきたみたいだね」

とか、

「ヨメの実家の母親が、どうやら認知が入ってきたらしくて大変なんだよ」

とか、そんな感じの言いかたである。

〈認知〉というのは、もちろん〈認知症〉のことだろう。身も蓋《ふた》もない言いかたをすれば、要するに〈ボケる〉ということだ。

私はこの〈認知症〉という言葉が、あまり好きではない。いまではかなり馴れたもの

の、

〈ボケたらボケたと言えばいいのに〉

と、いう気持ちをぬぐい去ることができずにいるのである。

戦後、人々がおそれていたのは〈死〉だったと思う。あの戦争を奇《く》しくも命ながらえて生き残ってきた人々には、生死の問題が重くのしかかっていたのだ。

上智大学のデーケン先生の発言などもあって、死をどう考えるかが一時、しきりに論じられたものである。

その時期を過ぎると、こんどは〈老い〉に注目が集るようになってきた。日本人の平均寿命がぐんとのびたこともあるだろう。〈百歳人生〉などという文句が巷に氾濫して、〈老い〉をめぐる論議は、いまもにぎやかに続いている。

しかし、〈死〉や〈老い〉についての関心は、現在やや翳《かげ》りをみせはじめてきているのではあるまいか。

国民の三分の一が高齢者、ということになると〈老い〉はありふれた日常にすぎない。

そこで今、人々の注目を集めつつあるのが、認知症、すなわちボケの問題である。

「ガンよりボケのほうがこわい」

と、言う人がいた。

正直なところどちらもこわいが、わが国の場合、ガンで死ぬ人は全体の三分の一くらいだという。うまくいけば、三分の二の人々はガンで死なずにすむことになる。

それに対して、認知症は加齢による自然な現象だ。最後まで頭脳がしっかりしている人もいるらしいが、それにしても長く生きれば生きるほど、人は多少なりともボケるのではあるまいか。

それはガンについても同じである、と医師は言う。死体を解剖すれば、どんな人にでも多少のガンは存在するらしい。しかし、ガンの存在を自覚せずに死ねるのなら、べつに問題はないだろう。

「イツキさんのお年じゃ、多少ボケたってなんの不思議もないでしょ。いまさら物忘れがひどいなんて若ぶっても駄目ですよ」と笑われたことがある。しかし物忘れがひどいと嘆いて〈若ぶっている〉などと言われるのは心外だ。

最近、認知症に関する本を読んでいたら、初期の認知症の傾向について、こんなことが紹介されていた。

まず、物や人の名前がなかなか出てこなくなる。

それから、同じことを何度も繰り返して言う。また、同じことを何度もたずねる。

物をどこへ置いたか、しまったかがわからなくなる。

時間や場所の感覚が曖昧になる。

また、それまで興味があったことへの関心がなくなる。同時に自分の過去の記憶がはっきりしなくなる。

言われてみれば、私自身、どれにも多少はあてはまることばかりだ。

人の名前や固有名詞が出てこないのは、若い人にもよくあるケースである。しかし、岡本太郎さんのように、ホテルのフロントで「おれは誰？」と連れの人にきくのは、かなりの大物だろう。

いま、ふと考えてみると、この岡本さんのエピソードを、以前もこの連載のどこかで書いたことがあるような気がしてきた。

長期の連載をやっていると、同じ話を何度も繰り返して書いたりすることがままある。これは物書きとしての危険信号だ。書き手のボケは、その辺から始まるのかもしれない。

最近は、喋っていて人名や書名などがお互いに出てこなくなると、即座にスマホをとりだす人が多い。人名、経歴、著作など、たちまちにして出てくるのだから、おそろしいといえば、かなりおそろしい。ひょっとしたら記憶というものが、大して必要でなくなるのかもしれないのだ。

私はボケは自然な加齢現象だと思う。個人差はあっても、長生きすれば人はすべてボケていく。

アルツハイマー病はともかく、加齢によるボケは長生きの代償である。多少の差こそあれ、人は意識を差し出して、長寿を受けとるのだ。ボケない生きかたなど、ない。
しかし、そうなるとどうボケるかが問題になってくる。

悪いボケかたもあれば、良いボケかたもあるのではないか。またボケの表れ方にも濃淡がありそうな気もしてくる。素直なボケも、悪質なボケも、水彩画のようなボケも油絵のようなボケもありそうだ。

望ましいボケとはどういうものか。どうすればそこに一歩でも近づくことができるのか。

〈うらやましいボケかた〉
それが九十歳をこえた今の私の最大のテーマなのだ。

うらやましいボケかた……目次

九十歳の壁を回りこむ

最近、「80歳の壁」とか、「70歳が老化の分かれ道」とかいう言葉が目につく。そういう本が話題になっているからだろう。

七十歳、八十歳は、たしかに男性にとっては一つの壁かもしれない。六十代までは男はなんとなく現役意識が残っているからだ。

しかし、それも人それぞれである。俗に言われるように、ザーメンのかわりに赤い玉がポンと出て、それで終了、という感じではない。

女性には変な言葉だが、閉経期《へいけいき》という表現がある。私はこの言葉はよくないと思う。なんといっても「閉」という字が問題だ。

「閉館」「閉店セール」「閉鎖」「閉塞」「閉会」など、「終りでーす！」といった語感がつきまとう。生理が終ったからといって、人間が終ったわけではないだろう。まして「人生百年時代」などと騒がれている時代ではないか。

野球でいうなら五回が終ったあたりだ。後半戦がヤマなのである。

男にも更年期はある。私は五十代にさしかかった頃から、しきりにそのことを言ったり、書いたりしてきた。しかし、当時は専門家からはほとんど冗談としてしか見てもらえなかったのだ。

私が四十代を過ぎた頃、なんとなく心と体がザワザワしてくる感じがあった。

私は過去に二度ほど仕事を中断して、引っこんでいた時期があった。作家生活のなかでも最もいそがしい時期だったので、「休筆」などと結構、週刊誌の話題になったものだった。

「休筆なさったのは、充電のためですか」

などと、きかれることがしばしばだったが、べつに電池が切れたわけではない。いまにして思えば、あれは男の更年期というものではなかっただろうか。

男にも更年期があるというのは、今や常識である。八十代、七十代が問題になるより先に、男性にも女性にも、六十代の壁というものがあるのではないだろうか。

目前にそびえるのは…

ふり返ってみると、私自身、六十歳あたりが人生の最初の壁だったような気がする。七十代、八十代は、下山の時期と考えていたから、なんとなく楽に過ぎた。そして今、目前にそびえているのが「九十歳の壁」だ。

私は故・石原慎太郎さんと同年同月同日生まれで、現在八十九歳。あと数カ月で九十歳の壁に直面する。これまでほとんどそのことを意識しないで脳天気に暮してきたので、この期におよんで当惑するところが多い。

九十歳の壁は高い。とはいえ、これまで故・瀬戸内寂聴さんをはじめ、その壁を楽々とこえてこられた先輩がたもいらした。

先年、対談をさせて頂いた佐藤愛子さんにいたっては、おん歳九十八歳の現役でいらっしゃる。

しかし、九十歳の壁、というものはあるのだろうか。どうも私が無神経なせいか、乗り超えるべき壁、といった圧迫感が全然ないのが不思議である。

私は子供の頃から決して健康優良児ではなかった。大人になってからも、よく扁桃腺を腫らしては熱を出したり、偏頭痛で寝こんだりした。

しかし、今のところ変形性股関節症とやらで脚の不自由な以外には、これといった自覚症状はない。気になるのは体よりも、むしろボケのほうだ。

人は二十代からすでにボケが始まっている、と私は思っている。関節の軟骨がすりへるのと同じで、加齢による劣化は自然の理である。どんな元気な人でも、大なり小なり歳をとると自然にボケるものなのだ。

〈横超〉という考え方

養老先生の『バカの壁』は一世を風靡した名著であったが、そのうち『ボケの壁』という本が出てこないとも限らない。体の老化も問題だが、人間それ以上に気になるのは意識の退化である。

ボケは避けることはできない。問題は、自然で感じのいいボケかたになるか、ならないかだ。

以前、文藝春秋から『うらやましい死にかた』という本を出したことがあった。それにならって、『うらやましいボケかた』という題の本を考えているところである。

「それより『ボケかた上手』のほうがいいんじゃないですか」

と、アドバイスしてくれる出版社の人もいるのだが。

とりあえず「九十歳の壁」だ。

仏教には〈横超《おうちょう》〉という考え方があるそうだ。

仏の慈悲の力によって、即座に生死の世界を超える思想だと教わったことがあった。

私はこの言葉を勝手に変造して、とうてい超えられないような大きな壁にぶつかったときは、無理してよじ登るよりも、横に回ってみてはどうか、と解釈したことがあった。

横ざまに超える、という考え方だ。

直撃せずに迂回する。よじ登るのではなく、回りこむ。

そんなふうにして「九十歳の壁」を超えることはできないものなのだろうか。

べつに特別な話をしているわけではない。いまこの本を手にしているかたがたも、今後は七十歳、八十歳どころではなく、「九十歳の壁」に直面する可能性が高いのだ。

七十歳の壁、八十歳の壁、九十歳の壁、と次第にハードルが高くなっていく。

それが人間の幸せなのか不幸なのかは、誰にもわからない。

間違いだらけの人生だ

顔から火がでるような、という言い方がある。恥ずかしさのあまり顔が真赤になる感じをオーバーにいう表現だろう。

ここで「だろう」などと曖昧な書き方をしたのには理由がある。つい先日のことだが、ある事件があって、自分の書くものに全く自信を喪失してしまったからだ。

というのは高校生の頃から今日まで、七十年以上も間違った文字を書き続けてきた事に気付いたのである。これは大変なショックだった。

朝、いつものように食事をしながら新聞の朝刊を眺めていて、あれ？　と思った。広告の欄に〈早稲田〉という大きな文字が見える。何か出版物の広告だ。

なにげなくその文字を眺めているうちに、ふっと妙な違和感のようなものをおぼえた。

なんだろう？

しばらくみつめているうちに、その理由に気づいた。〈早稲田〉の〈稲〉の字が、ふだん自分が書いている文字とどこか違っているのである。〈早稲田〉の〈稲《せ》〉という字の右側のツクリの部分が、いつも私が書いている字ではない。

私はこれまでずっと、〈ノ〉を書いて、〈ツ〉を書いて、その下に〈田〉を書いていた。〈イネ〉だから〈タンボ〉だと勝手に考えていたのだ。

新聞の誤植かと思ったが、いくらなんでも広告の文字を間違えるはずがない。

不安におびえながら辞書を引いてみた。

なんと！

それは〈田〉ではなく、〈旧〉だったのである。と、いうことは、私はこれまで、七十年にわたってウソの字を書いてきたことになる。たぶん編集者のほうで、書きなぐった文字を判別して正しい漢字に直してくれていたのだろう。

学生時代はまだいい。文章を書くことを職業としてからだけでも六十年間、ずっと早稲田という字を間違って書いていたのだ。自分がその大学に通っていたにもかかわらず。

この事実は私を震撼させた。職業作家としてのプライドも何もあったものではない。

年をとって記憶が薄らいだのなら、まだ許すことができる。博覧強記の親鸞でさえも、加齢とともに字を忘れがちだと嘆いている。しかし、若い頃から今日までずっと間違った字を書いてきたのだから救いようがない。

疑心暗鬼より疑心暗記

こういう間違いは、一つにとどまらないのではないか。じつは外にもいくらでも気づかずに違う字を書き続けてきたのではないだろうか。

いや、間違いは字だけの問題であるはずがない。自分の知識や記憶も、同じように間違ったまま今日まできてしまっているのではないか。

疑念はとめどなく広がっていくのである。

やはりパソコンで書くようにしようか、と思ったりもする。個人教授をうけて、半年も勉強すれば原稿ぐらいは書けるようになるのではあるまいか。

しかし、それも癪だ。私はひそかに最後の生原稿執筆者となる野心を抱いていたからである。

その事件以後、私はすべて自分の書く字を疑ってみることにした。五木寛之、という字もこれで正しいのか。ひょっとすると寛之の寛の横に点があったのではないか。迷いだすときりがない。疑心暗鬼とはこのことである。暗鬼というより、疑心暗記のほうが心配だ。

若い頃、私は『遠野物語』の作者の名前を、〈ヤナギダクニオ〉と読んでいた。〈ヤナギタ〉と濁らないほうが正しいと知ったのは三十歳を過ぎてからだった。

一方、清沢満之《まんし》は〈キヨザワ〉である。これも後から気付いて、それからはちゃんと読めるようになった。

「どんぐりこ」

私が放送作家をやっていた二十代の頃、有名な大プロデューサーで、早稲田の仏文科を出たテレビマンがいた。

彼は酔うと『マルドロールの歌』について一席ぶつのが癖だった。問題は、その作者であるロートレアモンのことを、間違ってロートレアンと呼ぶことだった。

私にはそれを直してやる勇気も才覚もなかった。まわりのスタッフも同じことだったのだろうと思う。

私はのちに、その話を『雨の日には車をみがいて』という小説のなかで書いた。卑怯なことをしたような気分だったが、彼はどうせ読まなかったにちがいない。

ふと思い出したのだが、私は一時期、子供の歌や童謡のレコードを作る仕事をしていたこともあった。

有名な『どんぐりころころ』の歌を録音したとき、歌い手が、

〽どんぐりころころ　どんぐりこ

と、うたう。私が口をはさんで、

「それ、まちがいでしょ」

「どこが？」

と、相手は有名歌手なので横柄な口調である。

「どんぐりころころ　どんぐりこ　じゃないです。どんぐりころころ　どんぶりこ、です」

「えー？　ほんと？　わたし今日までずっと、どんぐりころころ　どんぐりこ　ってうたってた。どうしよう」

ひどくショックを受けたようだった。その気持ちが、いまとなってはよくわかる気がする。

人生は間違いだらけである。字の一つや二つだけでなく、間違いだらけの人生なのだ。そう思うしかない。

寒さ暑さも還暦まで

新型コロナの来寇《らいこう》とともに、夜型人間から朝型人間へと変身して約二年がたつ。朝食というものを食して、近くの公園を十五分ほど歩く習慣がついた。

ふと気がつくと、すれちがう人達はみなコートや暖かそうなブルゾンを着ている。ツイードのジャケット一枚、羽織っただけの自分が、なんとなく場違いに感じられた。

季節はすでに真冬である。当然、寒いにきまっている。しかし、どうしてオーバーも着ず、マフラーも巻かずになんともないのだろうか。なんだか急に不思議な気がしてきた。

私は外地から引揚げ後、中学、高校と福岡で暮らした。久留米や柳川にちかい筑後地方である。

九州は西日本だから暖かいと思っている人も多いが、そうでもない。冬は結構、寒さがきびしかった。手は霜焼け、足はひび割れで踵に血がにじんだりした。栄養状態が悪かったせいもあるだろう。暖かい防寒具を持たなかったこともあるかもしれない。とにかく十二月から一月にかけては寒さが耐えがたかった。

いま暮らしている関東は、九州よりはるかに寒いはずだ。それにもかかわらず、冬になってもあまり寒さを感じることがないのはどういうわけだろう。

地球温暖化のせいだろうか。それとも栄養状態が昔より良いからだろうか。

そのことを編集者のQくんにきいてみた。彼は口が悪いというか、言いにくいことをズバズバ言うので評判の男である。

「最近、あまり寒さを感じないんだけど」

すると彼は言下に断言した。

「それは加齢のせいです」

〈剛毅《ごうき》木訥《ぼくとつ》仁に近し〉などというが、単なるデリカシーの不足ということもある。むっとして反論した。

「いや、そんな単純なことじゃなくて――」

「歳をとると、暑さ寒さの感覚が鈍ってくるというのは常識です」

「まあ、それはあるけど――」

言われてみれば確かにそうだ。中年を過ぎて以来、半袖のシャツを着たことがない。炎天下でも上衣を羽織ったまま歩いている。汗もあまり出ないし、真冬でもマフラーは使わなくなった。手袋は押入れに放りこんだままカビが生えている。

打たれ強い人

火傷をしがちなのも高齢者の特徴だそうだ。要するに外界の変化に鈍感になったということだろう。鈍感力などと威張らなくても、人はおのずから鈍感になるのである。

打たれ強い人、というのがいる。政治家などにはことに多い。しかし、そういうタイプは、おおむね老人である。不動心の持主というより、単なる加齢現象かもしれないのだ。

私もある年齢から、人に批判されたりしても、皮肉を言われたりしても、ほとんど気にならなくなった。不動心とかではなくて、単に感情が硬化しただけのことだろう。

世の中の事に一喜一憂しない。富士山が噴火するときが、あるかもしれないがないかもしれない。米中の関係が怪しくなったとしても、強者が対立するのは世の習いである。

先日から、喉の調子がおかしくなった。ものを飲みこむときに、なんとなく引っかかるような感じがあるのだ。

単なる咽頭の良性腫瘍かもしれないし、ひょっとしたらガンかも、と思ったりする。もし、悪性のものだったりしても、仕方がない。これまで散々、勝手なことを喋り散らしてきたむくいだろう。それに日本人の二人に一人がガンになるといわれているではないか。

昔、故・川上宗薫さんと会ったときに、

「ボクはガンになってもジタバタしたりはしないつもりだ」

という話を聞かされたことがあった。そのときは流行作家の心意気のようなものを感じて、相槌《あいづち》を打ったものだが、川上さんが実際にガンになられたときにはかなり大変だったと後で聞いたことがあって、辛い思いをした。

人間とはそういうものなのだ。

〈暑さ寒さも彼岸《ひがん》まで〉

などという。さしずめ、

〈寒さ暑さも還暦まで〉

というところだろうか。

孫の手より現金

歳をとることにも、いいことは沢山ある。ひとつひとつあげていけば、加齢自慢のようになりかねない。秘すれば花、ということにしておこう。

先日、ある友人から、祖父のかたの百歳の誕生日を祝ったという話を聞いた。

住まれている市からと県からと、それぞれお祝い金が届けられたそうである。

私も六十歳を迎えたときに、横浜市から祝いの品を頂戴した。靴べらかと思ったら、孫の手だったので苦笑した。

孫の手、といっても、当節の人たちにはピンとこないかもしれない。

五、六十センチほどの細い竹の棒である。先っぽが人の手のように作ってあって、背中とかかゆいところを掻く道具だ。手が曲がりにくい人には便利な品だろう。

本来はマコの手だそうだ。マコというのは中国伝説の仙女、麻姑《まこ》のことだと広辞苑にはあった。

〽まこ　甘えてばかりで　ごめんネ

という歌を思い出したが、あまり嬉しくはなかった。頂戴するなら、やはり現金のほうが嬉しいのでは。

下を向いて歩こう

来月、いよいよ九十歳の壁に向かいあうことになった。

私は昭和七年の生まれである。一九三二年、満州国建国の年だ。

五・一五事件のおきた年でもある。当時の首相であった犬養毅《つよし》が暗殺された大事件であった。

この年に生まれた人には、いわゆる〈お騒《さわ》がせタイプ〉の男性が多い。

大島渚、小田実、石原慎太郎、青島幸男、横山ノック、などなど名前をあげてゆけばきりがない。

往時は「花の七年組」と揶揄されたものである。そのほとんどが故人となった。

そしていま、かろうじて生き延びた私も九十歳の壁を目前にしてダウン寸前のありさまだ。

七十歳の壁や八十歳の壁も大変だろうが、九十歳の壁は、もっと大変だ。よじ登ってこえるか、それとも迂回して抜けるか。とりあえず目前にそびえる巨壁を見あげて、立ちすくむばかりである。

むかしよく口ずさんでいた歌も、最近ではなんとなく気になるようになってきた。

〽上を向いて歩こう
涙がこぼれないように

上を向いて、では、まずいのだ。

高齢者はできるだけ歩け、といわれる。一日ステイホームしていると、一週間、寿命が縮むという説もあるくらいだ。

そこでマスクをして近所の公園などを歩く。

自然の風趣を残してある場所が多いので、起伏があったり、砂利道だったりする。階段もある。

上を向いて歩くのはヤバい。そうでなくても足腰が弱っているので、つまずいたり、転んだりする可能性がある。ここはしっかり下を見て、足もとを確認しなければならない。

涙と小便はこらえない

高齢者の気をつけるべきことは、まず転ばないことだ。

転ぶと、骨が弱くなっているのですぐに骨折する。

治るまでベッドに寝ていると歩けなくなる。そうなると、浄土往きの予約切符を手渡されたようなものである。

高齢者にかぎらず、中年を過ぎたら、とにかく転ばないことが大事だろう。

そのためにはどうするか。

上を向いて歩くのはやめたほうがいい。ちゃんと足もとを確認して慎重に歩くことが重要である。

〽上を向いて歩こう
涙がこぼれないように

絶唱といっていい名文句だが、涙と小便はこらえるべきではない。ためると炎症をおこすだけだ。

そこで『上を向いて歩こう』の高齢者用パロディを作った。

〽下を向いて歩こう
つまずいて転ばないように
思い出す　夏の日

きみと二人のぼく

うつむいて歩くのは、なんとなく情けないような気もするが、必ずしもそうではない。
高齢者は〈高歌《こうか》放吟《ほうぎん》〉ではなく〈沈思《ちんし》黙考《もっこう》〉すべきである。
永六輔さんは天才的な作詞家でもあったが、上を見るのが大好きだったらしい。
『見上げてごらん夜の星を』などという歌もある。
これを高齢者用にパロディ化すると、

〽見つめてごらん　朝の道を
名もない花に　小さな露《つゆ》が
さわやかなそよ風に
揺れている

これではとうていヒットしないだろう。でも、上ばかり見て歩いていると危い、という歩行安全運動のスローガンには使えそうだ。

右へ左へふらついて

数年前から杖をついて歩くようになったことは何度も書いたが、最近、気がついたのは、杖なしでは歩きづらくなったことである。

これはまずい。人間はやはり自主独立の気概を忘れてはいけないのではないか。と、いうことで、広い安全な場所を行くときには、杖は小脇に抱えて自分の脚で歩くことにした。

ところが、驚いたことに、これがなかなか難しいのである。

杖を使用するようになってから数年のあいだに、体がすっかり杖に慣れてしまっているのだ。

要するに、ふらつくのである。酒に酔った人のように、右へ左へと歩みがぶれる。杖をつかう前には、それでも何とかまっすぐに歩けていたのだ。

たぶん、脚力の問題だけではあるまい、と判断した。体幹が衰えているのだろう。すっかり杖に頼りきっている間に、バランス能力が落ちてしまったのだ。

そこで、最近は人のいない道では杖に頼らずに歩く練習をはじめた。

ところが、ちょっと風でも吹くと、すぐにふらつく。上りはわりと楽だが、下り坂になると危い。

上を向いて歩いていては危険である。しかし、下ばかりを見て歩くのも希望がないような気がする。

九十の壁をこえるのも難きかな、と、あらためて痛感した。

ゆっくりしたボケかた

初期のアルツハイマー病に効く新薬が承認されたニュースが新聞に出ていた。

なんだか変な名前の薬である。ナントカマブといったと思うが、すぐ忘れてしまった。

そのうち薬局の店先で、

「あのー、アルツハイマーに効く薬をください」

「えーと、あれですね、なんといったかな」

「ナントカマブっていったと思うんですが、さっき憶えたのにもう忘れてしまって」

「いや、わたしも何度も扱ってるんで憶えてたはずですが、ちょっと度忘れしてしまって。すみません」

などと店員さんと客とがやりとりをする光景が見られるようになるかもしれない。

私自身は、昔のことは比較的よく憶えているほうだ。いつも同じことを書いているが、戦争中の『軍人勅諭』だとか、モールス信号だとか、手旗信号だとか、余計なことは完璧に憶えている。

そのくせ、直近の大事なことをすぐに忘れてしまうのは困ったものだ。三時と約束したのか、三時半だったのか、その辺がはっきりしない。何度もそういうことがあったので、手近かな紙にメモをしておいたのだが、そのメモをどこに置いたのかが記憶にないことがしばしばあって困ってしまう。

いわゆるボケとアルツハイマー病とは同じではないらしいが、いずれにせよそのうちにボケない新薬も開発されるかもしれない。

物書きはボケ上手

新薬のニュースが報じられるたびに思うのは、妙に変ったというか、発音しにくい妙な名前が多いことだ。なんとかマブ、とか舌が回らないような名前の薬も少くない。

ボケ防止の新薬が発売になるときは、「ボケナイン」とか「ボケネマブ」とか、そんな憶えやすい商品名にして欲しいものだと思う。

高齢者同士が街角でばったり顔を合わせて、

「やあやあ、どうも。お久しぶり」

「お久しぶりって、きのう会って話したばかりじゃないか。ボケナイン、ちゃんと飲んでるかい」

「ボケナインじゃない。ボケナインだ。そっちこそ大丈夫かね」

「そういえば、今日は飲むのを忘れたかもしれない。うーん、なんか心配になってきた。家に帰ってたしかめてみよう」

「あんたの家は、そっちじゃないだろ。しっかりしろよ」

などという時代は、もうすぐそこまできているのだ。

昔、といっても私が若手作家といわれた頃のことだが、物書きはみんなボケるのがうまかった。

「お原稿、いただきにあがりました」

「えーっ、締切りは今日だったっけ。てっきり明日の夜だと思いこんでいたんだけど」

「いや、何度もお伝えしてあります。きょうの八時までには、と」

「ごめん、ごめん、すっかり勘違いしちゃって」

「それじゃ、近くのお店ででも待たせていただきますので。朝までにはぜひ」

といったやりとりもあって、昔は情緒があったものである。私はまだ若手と呼ばれている時代だったから、ボケた真似はできなかった。


高齢期のガンはある意味で救いである、と書いていらっしゃるドクターがいた。なんとなくわかるような気がしないでもない。

それと同じ意味で、ゆっくりしたボケは、そう悪いものではないのかもしれないと思ったりする。ここでいうボケとは、必ずしもアルツハイマー病のことではない。

人口減少の時代に

　フォーカスして世の中を見ると、なんとなく気が休まるような気がするのだ。去年の暮あたりから、世の中が妙にトンガッてきているような気配を感じるのは私だけではないだろう。

　洪水の前、というか、次第に水圧が上ってきている感じがあるのだ。こういう時には、あまり過剰に反応しないほうがいいような気がする。

　台風の予兆があっても、ジタバタするわけにはいかない。もちろん心構えは必要だろうが、ヒステリックになるのはどうかと思うのだ。

　以前、『下山の思想』という本を書いて、顰蹙《ひんしゅく》を買ったことがあった。世の中にまだ経済成長の気分が残っていた時代のことである。

　山は登れば下るしかない。いつまでも頂上に居坐っているわけにはいかないのだ。朝日も美しいが、夕日もまた美しい。人口イコール国力とは思わないが、かなり大きな要因であることはまちがいないだろう。

結婚して子供をもつことを面倒だと思うような人々が増えてきたのは、否定できない事実である。女性の高学歴化と未婚率が比例するという統計も無視できない。

結婚して家庭をもつということは、自分独自の自由を放棄して、人並みの幸福を摑むことだ。

個性的な生き方をしようと思う人が増えれば増えるほど、人口は減少する。

子供をもった家庭に、多少の経済的アドバンテージをあたえたところで、人口増には結びつかないような気がする。ここは国民がびっくりするような画期的な方策を考えるしかないのではあるまいか。

家族というもののあり方を、根本的に変えるくらいの発想が必要かもしれない。それがどういうものであるのか、まだイメージがわいてこないのだが。

加齢は各所バラバラに進む

世の中には当てにならない法則というものがあって、人間の一生に大きな影響をおよぼすことがある。

それは科学的な根拠など全くないのだが、なぜか否定できない根強い観念である。私の中にもそういう理由なき思い込みが無数に巣くっていて、日々の暮らしにさまざまな偏向をもたらしている。

たとえば、

「人の頭部の毛の総量は一定である」

という真理。

これを真理と称していいのかどうか定かではないが、私の中では確固たる真実として定着して消えることがない。

ここで頭部というのは、頭と顔のことだ。毛というのは、いわゆる毛髪と髭をさす。頭部の毛、すなわち毛髪の薄い人は、髭が濃い。顔の毛、すなわち髭の薄い人は髪の毛の量が多い。つまり髪と髭は反比例するというのが、私の理由なき思い込みである。

私は若い頃から毛髪と髭の量は一定だった。どちらかといえば、髪のほうが優勢だったと思う。

四十代の一時期、なぜか理由はわからないが、髭を生やしてみたことがあった。当時の写真を見ると、なんとなく右翼の壮士ふうである。

ある日、麻雀の席で、吉行淳之介さんが私に満貫を振り込んだ後に、

「イツキくんよう、その髭はきみには似合わないと思うよ」

と、やや腹立たしげに言った。

「そうですか」

「少くとも麻雀の席には似合わない」

ふだんは穏やかな物言いをする吉行さんだが、その時の口調はちょっと不機嫌だった。

それが理由というわけではないが、私は髭を生やすのはやめた。

この二、三年、なんとなく無精髭が濃くなってきたな、と思っていたら、髪の毛が急に薄くなってきた。どうやら勢力交代の時期にさしかかってきたようだ。下が濃くなると上が薄くなる。自慢ではないが、急所のヘアには一本の白髪もない。

チンピラ壮士みたいな

髭を生やしてみようか、と、ふと考えた。鼻下の髭だと壮士ふうになる。ここはひとつ、鬚《あごひげ》にするか。さらに昔の中国服でも着れば、チンピラ壮士とは言われないだろう。

そう思って、一週間ほど髭を剃らなかったら、指名手配の犯人のような感じになってきた。どういうわけか髪は白いのに、髭には一本の白髪もないのである。

思うに加齢のむずかしさは、全身くまなく均一に衰えるのではなくて、各所ばらばらに変化していくことにある。

たとえば記憶がそうだ。全体に忘却のかなたにかすむわけではなくて、ある部分はなまなましく鮮明に憶えている。

ところが、大事なことが全く思い出せない場合がしばしばある。いま、この文章を書きながらふと思い出したのだが、私の父親も一時期、髭を生やしていた時期があった。国語の教師であり、武道家でもあったから髭を生やしても全く不自然ではない。

しかし、母親は父の髭をすごく嫌っていた。

「お父さんはね、ああ見えても若い頃はとてもハンサムだったのよ」

と、小学生の私に言ったりした。当時は戦時中で、横文字禁止の時代だったから、子供の私にはハンサムという言葉の意味がわからなかったが、私も髭のない父親のほうが好きだったのだ。

昔の頃の写真を見てみると、小学校にはいる前の私は、いわゆる坊ちゃん刈りの頭である。仔犬を抱いて、セーター姿で写っている。セーターの胸には、大きくHという字がはいっている。

母が編んでくれたセーターだが、Hは私の名前のイニシャルだろう。それにしても「少年エッチ」というのは、今なら笑いの種だ。

やがて戦争が拡大していくと、子供たちもみな丸刈りになる。父はカーキ色の国民服を着て、戦闘帽をかぶるようになった。父親が髭を生やしていたのは、その頃である。

チョビ髭の権威

最近、ウクライナの戦争がニュースに多くとりあげられるせいか、第二次世界大戦の古いドキュメントがよく放映されるようになった。そこに出てくるヒトラーの髭が、なぜか気になってしかたがないのだ。

男性の髭はもともと権威の象徴だろう。そうであればカイゼル髭のようなピンと張った堂々たる髭のほうが効果的にきまっている。それをヒトラーはどう考えていたのだろうか。

俗にチョビ髭などと呼ばれる鼻下の小規模な髭は、はたして彼の権威にプラスだったのだろうか。

しかし当時のドイツ国民は、あの髭を偉大なシンボルとして受け止めていたようだ。

昔、C・W・ニコルさんが話してくれたのだが、極地に探検にいったとき、天候その他の異変で長期間、閉じこめられたりする。そんな時にも、毎朝ちゃんと髭をそって、身だしなみを整える人のほうが、厳しい状況にも耐えられることが多かった、という。

最近は立派な髭の政治家も、ほとんどいなくなった。

ドレスアップしたプーチン大統領と、Tシャツに無精髭のゼレンスキー大統領のイメージの差は、世界の注目を集めている。時代は髭に傾いているようだ。

人間の体は奥深くて面白い

ひさしぶりに腰痛がでて、憂鬱な一週間をすごした。

ギックリ腰ではなく、いわゆる慢性の腰痛である。年に何回か忘れたころにやってくるのだが、立居振舞いのすべてが腰にくる。

特に大変なのが、床に落ちたものを拾う動作だ。いちいち膝をつき、這いつくばって拾うしかないのが情けない。

今回の腰痛の原因はわかっている。安楽椅子に深々と坐って、長時間、テレビをみたせいである。NHKのBSで興味のあるドキュメントをやっていたので、坐りっぱなしで何時間もそれを視聴したのがいけなかったのだろう。

雑誌や新聞などでは、テレビをみるときは三十分に一度は立ちあがって動き回ることをすすめている。私もテーブルの上に目覚し時計をおいて、三十分ごとに立ちあがることにしたのだが、とても長くは続かない。三十分というのは、興味深い番組をみていると、アッというまに過ぎてしまうものなのだ。

それよりも問題なのは、椅子のほうである。わが国の安楽椅子というやつは、一見、安楽そうに見えても、実は体に悪い椅子ばかりだ。

まず柔らかすぎる。坐ると体が包みこまれるように沈んでしまう。おまけに背もたれがうしろに傾斜しすぎている。要するに半分ひっくり返ったような姿勢を、いやでもとらされてしまうのである。

椅子は固いほうがいい、というのが私の持論である。多少、尻が痛ければときどき立ちあがればいいではないか。一石二鳥だ。

背中はまっすぐに立っていたほうが楽だ。どうして高級そうなソファーは、あんなに背もたれがうしろに傾斜しているのだろうか。

近代的なホテルでも、椅子はぜんぜん人間工学を計算に入れていないものばかりである。北欧デザインをとり入れたとかいうのが売りのホテルでも、ロビーの安楽椅子は体に悪いフカフカのやつだった。

そもそも高級ホテルや近代的な文化施設などで、高価そうな外国の椅子を配置してあるのをときたま見かけるが、日本人の体型にはぜんぜん合わない。戦後いくら体格が向上したといったところで、たかが知れている。

テレビの立ち見

昭和体型の私が、安楽椅子にひっくり返るようにして長時間、テレビをみていたことが今回の腰痛の原因である。仕方なしに、立ったままテレビをみることにした。これだと、どうでもいい番組をダラダラみたりしないので頭にも腰にもいい。

しかし、ずっと立ちっぱなしでは辛い。そこで一計を案じて、ふだん外出のときに使っている杖をついて立つことにした。たしかに楽である。しかし、部屋の中でステッキというのはなあ。

私の腰痛は、できるだけ腰に負担をかけないように暮していると、おおむね十日間ほどで治まるのが常だ。

柔らかな椅子に坐らない。できるだけ立って過ごす。ゆっくりでもいいから歩く。

以前、このコラムで、歩くときに足の親指を意識する、と書いたことがあった。しばらくして、人づてにあるかたからアドバイスを頂いた。以前、プロのバレリーナだったかたからのメッセージである。

〈親指を意識するのは大切です。しかし、親指だけでなく、小指も、そしてそれぞれの指も生かして歩くようにおすすめします〉

と、いうのがその内容だった。

私はプロを尊敬しているので、なるほどと納得した。しかし、私の言葉足らずの文章のせいで、自分の考えが十分に伝わらなかったことが残念だった。

私は扁平足である。足裏の内側がやや分厚く、歩くときに自然と外側の足裏に重心がかかり気味である。つまり小指の側、膝の外側に体重が乗っている感じなのだ。

そういう歩き方は、自然とO脚気味になりがちなのではあるまいか。実際に鏡に映してみると、膝と膝とのあいだが、握りこぶし一箇分くらいあいているのがわかる。

体を使った実験

この年になって、と笑われそうだが、私が試みているのは、これまで足の外側に多くかかっていた体重を、少しでもフラットにしたいという試行錯誤なのである。足裏を縦に二分割して、外側と内側とに分けるならば、しばらく親指の側、すなわち内側を意識して歩いてみようというのが私の試みだった。

試み、といえば格好いいが、要するに自分の体を使った遊びである。いわば実験だ。べつに金のかかる道楽でもなし、ただ歩くときに足の内側を意識するだけのことにすぎない。

私はこれまで、いつも自分の体を遊び場として、いろんな実験をくり返してきた。うまくいった時もあれば、失敗することもあった。

しかし、失敗しても、そこから得るものは少くない。人間の体というものは、実に奥深く、面白いものなのだ。

この十年ほど、ためしてみているのは、鼓膜と、指先の感覚を維持することだ。耳が遠くなるのはボケの最大の原因である。そこで筋トレならぬ膜トレをずっと続けてきた。指先のトレーニングは、もう習慣になってきた。これは京都の何百年も続いたお店の、超高齢の数珠《じゅず》職人さんから教わった指トレだが、朝と晩、ベッドの中でやっている。面白いからやっている。それだけだが、興味はつきない。

こども庁より「ひざ・こし庁」

ヤクルトの村上宗隆選手のバットがとまらない。

先日の対ＤｅＮＡ戦で低目の球を軽々とホームランしたときには、さすがに驚いた。

むかしの赤バット川上哲治、青バット大下弘の時代とはパワーがちがう。いまのホームランバッターは、やや太目、というか、どっしり体型の選手が多いようだ。体型からして本場アメリカの大リーガーに近づいてきた感じがする。

大丈夫だろうか、と、ふと思う。

毎朝の新聞でスポーツ欄にもまして目立つのは、下半身の不調に関する広告記事だ。

下半身といっても、中高年男性のアレの話ではない。膝、股関節の不調の問題である。

主として変形性膝関節症、それに股関節の不調と脊柱管狭窄症の話が中心だ。薬の広告あり、週刊誌の特集あり、単行本の宣伝ありで、カラスの鳴かぬ日はあっても、その手の記事や広告を見ない日はない。

一説では二千万人、三千万人といった潜在患者がいるという。そうなればもう国民病といっていいだろう。

しかし不思議に思うのは、それほど大きな問題であるにもかかわらず、この国の医学界がなんとなくその辺を軽視しているような気配を感じることである。

なんとなくガンや心臓や血液の問題が主役になっていて、たかが足腰の不調など医学の現場ではあまり重要視されていないような印象があるのだ。

鍼、灸、マッサージなどの民間療法に人びとが殺到するのも、そのせいだろう。

危うい命を救うのは医学の本領である。しかし、日頃の暮しのなかで痛みや不調に悩んでいる無数の人びとのリアルな苦しみを無視していていいものだろうか。

私は医学の最終目標は〈痛み〉から人を解放することだと思っている。

ペイン・クリニックという専門分野があることは、私も知っている。しかし日々つねに痛みをこらえながら暮している何千万人のことが、なぜ医学界の最重要問題として扱われないのだろうか。

野村監督の姿

統一教会のみならず新興の宗教団体になぜ多くの人が集るのか。それは日々、心の痛みに耐えて生きている人びとが無数にいるからだ。

いまは驚異のホームランバッターでも、五十歳、六十歳を過ぎたら膝の痛みをこらえて、日常の動作にも苦労する日が、こないとも限らないではないか。

晩年の野村克也監督と、いちど対談をする機会があった。私は野球の選手のなかで、キャッチャーが最も大変な仕事だと思っていた。それだけに現役選手時代、ずっと捕手をつとめていた野村さんを超人のように感じていたのである。

しかし、対談を終えて会場から車までの距離を歩く野村さんは、本当に大変そうだった。風が吹けば倒れそうな感じで、私は駈けよって支えてあげるべきかどうか、すこぶる迷ったものだった。

医療の専門家は、できるだけ歩け、という。人間、歩かなくなったらおしまいだ、などとおっしゃる。

しかし、その一方で、「無理をしてはいけない」とも言う。

氾濫する通俗医学情報の渦の中で、数千万人の国民が立ちすくんでいる。〈こども家庭庁〉もいいが、〈ひざ・こし庁〉でも新設したらどうか。

数千万票が政府与党の支持に回ることはまちがいない。

ちなみに担当長官は、脚、腰、膝の痛みをかかえている人になってほしい。杖をついて、脚を引きずりながら登庁する姿がニュースになれば、国民は税金を払うことを嫌がらなくなるだろう。

白居易の痩せ我慢

脚のことばかり書いているが、高齢化による問題はほかにも多々ある。

先日、あるかたから中国の詩についての本の抜き書きが送られてきた。『中国名詩集』（井波律子著／岩波現代文庫）の一章である。

過日、私が髪の毛がバサバサ抜けた、と雑文に書いたのを読まれての慰めの差し入れだろう。

白居易の『歎髪落』（髪の落つるを歎ず）という詩だ。

多病多愁心自知
行年未老髪先衰
随梳落去何須惜
不落終須変作糸

七言絶句。八〇一年ごろの作、とある。

父親が国語と漢文の教師で、子供の頃から詩吟を強制されてきたので、何となく意味はわかる。

〈行年いまだ老いざるに　髪先んじて衰う〉

と嘆く詩だそうだ。

〈梳《くし》に随《したが》いて落去す　何ぞ惜しむを須《もち》いん〉とは、すごく実感があるではないか。白居易はこのとき、まだ三十歳だったらしい。

しばらく漢詩と離れていたが、あらためて漢文のおもしろさを痛感した。しかし、この詩は名作でも、詩吟として高唱するには向いていないような気がする。

詩吟というのは、なんとなく北風に向かって髪をふり乱しながら朗々と吟ずるのが似合いそうな感じだからだ。

〈梳《くし》に随《したが》いて落去す　何ぞ惜しむを須《もち》いん〉

では、どうも負け惜しみの感じがするではないか。などと考えつつ、きょうもコロナの一日が過ぎた。

運転できるけどしない

おん歳九十七歳の高齢者のかたが車を運転して、人身事故をおこされたニュースを新聞で読んだ。

なんとも痛ましい事故で言葉もない。これまでも高齢者の運転事故はたびたびあったが、九十七歳というのは最高齢ではあるまいか。

人はいったい何歳ぐらいで車の運転からリタイアすべきか。

これは難しい問題である。身体能力や運転技術には個人差があるからだ。

車の運転というのは、単に身体能力の問題だけではないのである。視覚はもちろん、聴覚や嗅覚、触覚その他、あらゆる感覚を動員しなければならない。

車自体の異変は、匂いで察知することができる。不規則な振動や異音もそうだ。ただハンドルを操作すればいいというものではない。動体視力や反射神経も大事である。

私は初老に達したときに運転をやめた。そのときの寂寥感というのは、たとえようのないほどのものだった。おおげさに言えば、男をやめるくらいの覚悟が必要だったのである。

〈これでおれの人生は終った〉

と心の底からそう思った。車は私の無二の親友のようなものだったのだから。

高齢者運転講習を二度受けて、三度目は諦めた。

運転技術が衰えたとは自分では思っていなかった。むしろ歳を重ねて、若い頃よりもはるかに慎重に運転するようになっていたと思う。

それでも運転をやめたのは、いくつかの客観的な変化を自覚したせいである。

たとえば、六十歳を過ぎた頃から、両目の上瞼がたれ下ってきているのがわかった。

そうなると上方視界がおのずと狭くなる。交差点の直前の信号を見るためには、いちいち顔を上向きにあげて確認しなければならない。

これはほんの一例だが、いろんな場面で若い頃の運動神経が劣化してきていることは明らかだった。

気が抜けたような日々

歳を重ねることはマイナスばかりではない。ひどい渋滞で身動きがとれなくなっても、以前のようにいらいらしなくなった。

〈まあ、いつかは動くだろう〉

と、カーラジオをつけて落語を聴いたりする。

「お先にどうぞ」

と、道をゆずる余裕もでてくる。

しかし、それでも五官の劣化は隠しようがない。背後の車からクラクションを鳴らされて赤面することもしばしばだ。

「歳をとると家の犬までおれを馬鹿にしやがって」

と、ため息をつく同世代の友人がいた。

「その点、クルマだけは変らずにおれに忠実だ。メンテナンスさえちゃんとしていれば、こちらの思う通りに動いてくれるからな」

私もときどき眠れぬ夜に、野外の駐車場においてある自分の車の中で時間をすごすことがあった。

エンジンをかけてこの車を走らせさえすれば、いまから北海道へでも九州へでも行けるのだ、と思うと心がなごんだ。車は走るだけの道具ではない。

運転をやめてからの数年間は、気が抜けたような日々が続いた。そんな空虚感に慣れてきたのは、七十歳をこえたあたりからだったような気がする。

運転をやめたあとでも、私は自分の運転免許証をほかのカード類と一緒に持ち歩いていた。

〈運転はしないが、運転はできる〉

と、いうのが心の支えだったのかもしれない。必要もない高齢者講習を二度も受講したのは、そのためだ。

滑稽な痩せ我慢

このところ話題の和田秀樹医師の本の広告には、八十歳をこえたら〈タバコはやめなくていい〉〈ガンは切らないほうがいい〉などの提言とともに、〈運転免許は返納しなくていい〉というアドバイスが出ている。

私も運転免許証に関しては同意見だ。

私は六十五歳で運転をやめた。ただし、運転免許証はすぐに返納せず、高齢者講習を受講して、免許証を所有していたのである。

運転をしないのに、何のために免許証を持ち歩いているのか。

私は運転はしない。しかし、〈運転ができる〉人間でありたかった。自分でハンドルを握ることを抑制しているのであって、免許証を持たないがゆえに運転できないのではない。そう自分のことを思いたかったのである。

〈できないからしない〉と〈できるけどしない〉のあいだには深くて暗い川がある。できない、のではなくて、しない、のだ。運転する権利は保持しつつ、自由意志によって運転しないと決めているのである。

はたから見ると滑稽な痩せ我慢としか思えないだろう。何もそこまでこだわる必要があるのかい、と笑われそうだ。

しかし、運転をやめるというのは、そういうことである。それは何十年も車と生活した人だけにわかる感覚だろう。

私は高齢者に免許証を返納したほうがいいとは言わない。免許証は所有しておく。ずっと持っていたければ三年おきの高齢者講習を受けることだ。

そして、ある年齢からは自分で運転を控える。する自由と、しない自由を大事にしたいと私は思うのだ。

人はどんな事態にも慣れる

私の友人のひとりが、結婚何十周年かの記念に夫妻仲良く食事をしたという。電話でその話を聞かされた。

なんでも、めったに行かないスペイン料理だかイタリアンの店だかを奮発したらしい。ご夫人もふだんは使わない高級ブランドのバッグなどを持ち出して、すこぶるご機嫌だったようだ。

ところが食事のテーブルについてしばらくすると、彼女の表情が険しくなって、

「やめてよ」

「え？　なにが――」

「そのマスクよ、マスク」

食前酒で乾盃といくつもりが、出鼻をくじかれた彼氏が首をかしげて、

「マスクがどうした。まさかマスクをしたまま食事しろっていうんじゃないだろうな」

「そうじゃなくって」

と、柳眉といいますか、丹念に描いた眉をつりあげて、

「それ、やめてくんない？」

彼女が指さしたのは、彼がはずしてひょいと上衣のポケットにしまったマスクである。紐がはみだして、たれさがっている。

「どうしてポケットなんかに仕舞うのよ」

「だってテーブルの上に置くと邪魔だろ。まさか隣りの椅子の上に置くわけにもいかないし」

「じゃあ、これは何のためにあるの。お店の人がわざわざ用意してくださったんじゃないの」

彼女の指さしたテーブルの端に、横文字かなにかを印刷した長方形の封筒みたいなも

のが置かれている。最近、どこのレストランでも置くようになった紙のマスクホルダーだ。

「あ、これか」

「あなた、いつもそうなのよね。ちゃんとマスクを収納するケースが出てるのに、絶対つかわないでしょ。なぜなの？」

「いや、べつに理由なんてないさ。なんとなく面倒な気がして」

「あなたって、すべてそうなんだから。わたし、昔からずうっと気になって仕方がなかった」

「マスクぐらい、どこに仕舞おうと個人の自由だろ」

「自由？　自由じゃなくて、勝手なんじゃない」

結婚してから今日まで

さすがに彼氏もむっとして、

「いい加減にしろよ。折角、気張ってご馳走してやろうと思ってこの店、予約したのに」

「してやろう？　そう。そういう言い方するわけね。このバッグだって、どうせ買ってやったって思ってるんでしょ」

「わかった、わかった。これにマスクを挟めばいいんだろ」

しぶしぶポケットからマスクを出して、紙のケースに挟む。

ウエイターがやってきて、仲裁するように前菜の説明をながながとはじめる。

「それではごゆっくり、お召しあがりくださいませ」

と、去っていく背中を見送りながら、

「ながすぎるんだよな、説明が」

彼がつぶやくと、彼女はキッとして、

「だれでも職業にプライドを持ってるんだわ。そんなこと言うなんて失礼でしょ」

「はい、はい」

彼女、フォークを置いて、

「その、はい、はい、はやめてくださらない。結婚してから今日まで、ずっと気になってきたんですけど」

はい、はい、と言いかけるのをぐっとこらえて、無言でうなずく。

「まあ、なんといいますか、あのマスク挟みが発火点でね。よほど虫の居所が悪かったんだろう」

と、愚痴るというわけでもなく、淡々とその夜の様子を語る友人であった。

喧嘩も絆の一つ

「コロナのせいで、みんなイライラしてるんだな」

「最近、ヘンな事件が多いもんなあ」

「オミクロウの変種が出たらしいね」

「オミクロウ？　オミクロンだろうが」

「失礼。オミクロンが流行りはじめた頃、うまくおぼえられなくて。なにしろ新語が次から次へと出てくるだろ。おぼえるのにひと苦労で、苦しまぎれに――」

「お得意のコジツケかい」

「そう。オミクロンを、〈尾身苦労〉とおぼえた。一発でおぼえたね」

「尾身さんが苦労する、か。オミクロウ、いや、オミクロンだった。混乱させるなよ」

不要不急の会話とは、こういうのをいうのだろう。電話だとソーシャルディスタンスを気にすることもない。つい長話しになってしまうのだ。

しかし、あらためて感じるのは、人間はどんな事態にも慣れるものだ、ということである。慣れるというより、慣れさせられるといったほうがいいのかもしれない。

当初は抵抗があった書店でのセルフレジも、何度かやってみれば慣れてくる。人と会話するより飛沫がとばないぶんだけ、安心な気がしないでもない。

そのうち監視カメラがあちこちについて、店員さんのいない書店がでてくるのではあるまいか。

そんなデジタルな未来のなかでも、男と女の感情の行き違いは、なくなることはないだろう。

喧嘩もまた人間の絆の一つである。人はやはり孤独では生きられない動物なのだ。

「はい、はい、お先にどうぞ」

忘れられない風景というものがある。

その一つが、青森の下北半島にある恐山《おそれざん》だ。

私はこれまでに三度、恐山を訪れた。その都度、なぜかはじめてその場所へ来たような気がした。

恐山の風景はシュールだ。灰色の岩場の先に鉛色の湖がある。その湖に向かって大声で叫んでいる人たちがいる。

「おーい、また来るからよー」

おそらく亡くなった家族にでも呼びかけているのだろう。岩場のあちこちにセルロイドの風車や造花、清涼飲料水の缶などが置かれている。ドリンク剤の瓶もあり、小さな玩具などもあった。たぶん亡くなった幼児たちへの供養だろう。

湖の岸の砂地を歩いていくと、一羽のカラスが舞い降りてきて、私の四、五メートル先をゆっくり歩いていく。まるで私を先導するかのように、ずっと歩き続けるのだ。私との距離が縮まるとパッと飛びあがって、また少し先を歩き続ける。

湖をわたる風は冷たく、対岸の山も、湖面も、空も鉛色。

広場のようなところに、屋台が並んでいた。食べ物や土産物の店ではなく、口寄せをするイタコの出店らしい。イタコは亡き人の言葉を霊界から中継する東北の巫女《みこ》さんである。

いかにも、といった感じの老女もいれば、若い娘さんのようなイタコもいて、行列ができているところもあった。イタコの言葉をききながら目頭をおさえている人もいる。どことなく沈んだ雰囲気が漂っていた。

ふと、若くして亡くなった弟のことが頭に浮かんだ。イタコさんに弟の霊を呼びだしてもらおうかと思ったが、人前で泣いたりしたら恥ずかしいのでやめて、宿に帰った。

恐山のカラスのこと

夜食のときに宿の人にその話をすると、

「お呼びして、ここへ来てもらうこともできますよ」

と、言う。イタコさんのデリバリーというのも、いささか失礼な気がしたが、宿の人はもうさっさと電話で何か話しはじめている。

やがて、初老の、いかにもイタコらしきご婦人があらわれた。挨拶もぬきで、なにか早口でたずねられた。醇乎《じゅんこ》たる東北弁の早口なのでよくわからない。

「だれをお呼びしますか、と、きかれてます」

と、宿の人が通訳してくれる。

ある人の名前を言ったら、いつ亡くなったのか、ときかれた。それに答えると、

「半年以上たっていないと駄目。まだ成仏なさっていないそうです」

なるほど。それでは、と、かなり以前に世を去った弟の名前を伝えた。

「はい、はい、お先にどうぞ」

やがてイタコさんが、早口で何か語りはじめた。

「きょうは、お兄さんが訪ねてきてくれて嬉しかった、と、おっしゃっているそうです」

と、宿の人が同時通訳をしてくれる。

「しかし、人の姿で会うわけにはいかないので、カラスになって――」

「えっ、カラスですか」

突然、湖のほとりを歩いていたときの情景が頭に浮かんだ。宇曽利山湖の岸辺を歩いていたときに、先導するかのように私の前を歩いていたカラスがいたではないか。少し距離があくと、うしろを振り返って待っているような動きをした一羽のカラスである。

「あの、弟がなぜカラスに――」

私の質問には答えずに、イタコさんはめんめんと語り続ける。宿の人は涙ぐんで、言葉も続かない有様。

「コ、コウツウジコに――」

「は？」

「兄貴は運転が下手だから、交通事故に気をつけるように、と言われているそうです」

大人の運転

私は上手ではないが、車の運転に関してはそれなりのキャリアを持つ人間である。健康に気をつけろと言われるのならわかるが、こと運転について忠告されるのは心外だ。しかし、彼はたしかに車の運転に関しては、私より大人だった。

街を走っていて、無法な割り込みをしたりする車にであうと、

「はい、はい、お先にどうぞ」

と、何のためらいもなく車間距離をあける。赤信号が続いても苛々しない。高速道路ではきちんと走行車線を走る。

「いや、彼は結構、大胆な運転してましたよ」

「はい、はい、お先にどうぞ」

と、弟の古い友人は言う。そうだとすれば、私を乗せて走っているときは、かなり気をつかって運転していたのだろうか。

などと考えているあいだに、弟のメッセージは終った。料金を払って、イタコさんをお見送りする。

なぜかその晩は、なかなか寝つけなかった。昔の家族のことなどを色々と思いだして、朝方まで眠れなかったのだ。

頭のどこかに、私を先導するかのように前を歩いていくカラスのイメージがあった。

鉛色の宇曽利山湖に向かって、

「オーイ、来年またくるからよー」

と大声で叫んでいる人たちのことを考える。風の中でカラカラと回っている風車のイメージが浮かんでくる。

風景というものは、絶景であれば記憶に残るというものではない。恐山は、カラスを兄弟のように感じられる場所だからこそ、霊山と呼ばれるのではないか。そう思った。

無理をしないでボチボチと

人格を磨こう、と突然、思いたった。

人の個性は変らないが、人格は磨くことができる、と、最近読んだ本に書いてあったからだ。

いくつになっても人格は磨くことができるらしい。よし、人格を磨こう。

と、いうわけで、その第一歩を、「自分を大きく見せない」ということに決めた。

人は自慢をしたがる動物である。なにかにつけて、自分を実際以上に大きく見せようとする。

人間だけではない。動物はおおむねそうだ。外敵から身を守る必要もあるだろう。良き伴侶を得ようとする努力もあるにちがいない。もし謙虚な孔雀がいて、一生に一度もあの華麗な羽を広げないで生きたとすれば、なんのための羽かわからないではないか。人生も闘争の場である。できるだけ大きく自分を見せようとするのも、人間の本能かもしれない。

しかし、この歳になっても自慢せずにいられないというのは、恥ずかしいことだ。よし、きょうから一切、自慢たらしいことは口にしないようにしよう。そう固く決意して、人と会った。

「相変らずお元気ですね」

と挨拶されて、ここが人格陶冶の場面だと心を引き締めて首をふる。

「いやいや、とんでもない。変形性股関節症とかで、もうヨロヨロですよ。それに逆流性食道炎もあるし、腰痛もでてきて、おまけに夜間頻尿で悩まされています。困ったもんです」

「趣きのある杖をお使いですね」

と、相手が病気の話を転換しようとする。

「うん。無骨な杖なんだけど、ドイツ産のヘーゼルです」

「モーゼルじゃないんですか」

「モーゼルは拳銃でしょ、これはヘーゼル。日本でいうと西洋ハシバミだったかな。ただの棒っ切れみたいに見えるけど、ちょっとした杖でね」

病気自慢も杖自慢も、自慢には変りはない。あわてて肩を落として、ため息をつく。

「もう駄目だねえ。ＳＤＧｓの時代には、とてもついていてはいけないです」

げに自慢と怠慢は死ぬまで治らない病いである。

自然体が一番

なぜ人は自慢をしたがるのだろうか。一説では、コンプレックスの裏返しである、と説明されている。しかし、しきりに自慢話をする人間が、かならずしも劣等感にさいなまれているとも思えない。

また、自分を小さく見せるというのも、動物の自衛の手段の一つである。やたらと謙遜するのは卑下自慢といって、これも自慢の手のこんだやり方だ。

要するに中庸ということか。威張らず、卑下せず、自然体でいるのが一番という話だ。

人格を磨くのも、げに難きかな。

こうなれば、いっそのこと口数を少くすればいいのかも、と考えた。

なにを言われても「うーむ」でやりすごす。

「原稿のほう、進んでますでしょうか」

「うーむ」

「今週末までには、なんとしてでも渡していただかないと」

「うーむ」

これだと無難ではあるが、せっかく対面して打合わせている意味がないだろう。

自慢のしすぎは問題だが、ほどほどの自慢は人間関係の潤滑油ともいえる。かつて過激な発言で鳴らした友人が、恥ずかしそうに孫の写真などを見せてくれるのも、ほっと気持ちが和むところがあるのだ。

頻尿も自慢も世の習い

先日、古い友人に会った。昔から身辺を飾らずというか、まったく服装に気をつかわない人物である。カフェで世間話などしたのだが、手提げの小型バッグだけが妙に上品に見える。

「それ、どこのバッグだい」

と、きいても「いや、いや」と手を振るだけで教えてくれない。

「モラビトだろ」

と言ったら、あわててコートの下に隠した。たぶん誰かからのプレゼントにちがいない。

高価な品を持って、自慢するのと隠すのと、どちらがいいか。そんなことにこだわること自体が、人格が貧しいということだろう。

人格を磨くのも難しい。三日でやめることにした。人格とは、変らないものなのだ。

人格を磨くことをあきらめたら、妙に気が楽になった。

「お元気そうですね」

「まあ、まあ、です」

「お仕事、すすんでますか」

「ぼちぼち、ね」

「二〇二二年の抱負は？」

「ちゃんと噛んで食べて、ぐっすり眠るようにしたいです」

新年への抱負は、ないわけではない。小説家なんだから、大事を論ぜず、小事にこだわる、というのがひそかな願いだ。

知人、友人が次々と旅立っていく。世間では終活などといって騒いでいるようだが、死後のことまで心配していても仕方がない。

先日の毎日新聞の川柳欄に、

〈頻尿の和尚お経が早くなる（没句斎）〉

というのがあって笑った。

頻尿も自慢も、人の世の習いである。無理をしないでボチボチ生きていくしかないのだ。

言葉の渦に流されながら

先日、〈お釣り〉という言葉を知らない子供たちがいるという話を新聞で読んで、びっくりした。

いくらなんでも、と思うものの、実際にそういう事があるのかもしれないと考えて、時代の流れというものを痛切に感じてしまったのだ。

コンビニで支払いをする若い人たちを見ていると、ほとんどの人がカードで決済している。カウンターの前で小銭をいちいち数えたり、一万円札でお釣りを受取っている客たちは、ほとんどいない。

「お釣りはちゃんと数えて受取りなさいね」

と、昔は母親が子供に念をおして買物を頼んだりしたものである。

〈お釣り〉という表現には、また別な意味もあるが、それは子供たちには関係がない。

いずれにせよ、最近、にわかに古い日本語の表現が、風に吹きとばされるように急激に消えていく気配がある。こういう風潮は、少しずつ変っていくものではない。ある時期にガラッと一挙に変化するものなのだ。現在はちょうどその変り目のときなのかもしれないと思う。

先日、戦後のヤミ市の話を若い人にしていて、

「虎の子の貯金を全部はたいて――」

と言いかけて、ふと気になって、

「きみ、虎の子って言葉の意味、わかる?」

と、聞くと、

「ええ、わかります。虎の形をした貯金箱のことでしょう?」

「うーん」

たぶん〈虎の子〉という言葉を、そのままストレートに受取ったらしい感じだった。

むかしは招き猫みたいな形の貯金箱を、よく見かけたものである。たぶんそんなものを想像したのではあるまいか。

〈虎の子〉の説明をしようと思ったのだが、面倒なのでやめた。

日本語が半分に？

私は古い言葉が失われていくことを嘆いているわけではない。万物は流転す、だ。言葉や表現も時々刻々と変っていく。それが自然のことなのである。

しかし、時にはめずらしい表現に出会って、思わず笑ってしまうこともある。

ある古いお蕎麦屋さんで、レジのところに、

〈個別勘定はお控えください〉

という貼り紙がしてあった。〈個別勘定〉とはなんだろうと首をひねっていると、六、七人のご婦人グループがあらわれて、それぞれ食べたものを数えあげながら一人ずつ料金を支払いはじめた。

するとお店の人が、

「すみません。グループのかたは全員一括してお支払い頂けませんでしょうか」

なるほど、ちょうど立て込んでいる時間とあって、店内は混雑している。

〈個別勘定はお控えください〉

という貼り紙の意味が、ようやく納得できた。しかし、だれかが一括してまとめて払ったあとで、それぞれ精算するのも大変だろうなあ、と余計な心配をしてしまった。

「わたしはカレー南蛮ひとつ、それと——」

などと自己申告をして、帳尻を合わせるのは大仕事だろう。

言葉について言うなら、最近の横文字表現の激増はただごとではない。これにも周期があって、いまは何十年ぶりかの大流行という感じだ。

新聞などでは横文字のあとに、親切に日本語がカッコつきでそえられていたりするが、たしかに外国語のほうが実用的である。

世界的な視座から物を言うとなれば、やはり外国語のほうが便利なときもないではない。

単に恰好つけてカタカナ表現を駆使しているわけでもなさそうだ。そのうち、日本語が半分ぐらいになってしまう日も、こないともかぎらない。

考えてみると、そもそも日本語自体が、さまざまな国の表現をとり入れて現在にいたっているのだから、あまり気にする必要もないのかもしれない。

永六輔さんの驚愕

ふり返ってみると、私自身の言葉は、ほとんど雑種の日本語である。

両親が共に九州福岡の産なので、家庭内では九州弁が幅をきかせていた。

子供の頃は当時の朝鮮にいたので、その影響も受けている。当時の外地には、日本各地の人びとが集っていたので、各県各様のアクセントが入りまじって、独特の無国籍日本語が通用していたのである。

戦後、内地に引揚げてきてからは、必死で地元の言葉を学習した。そこではじめて正統的な九州弁（筑後弁）を学んだのである。

やがて上京したのちは、なんとか標準語を真似して喋っていたが、アクセントやイントネーションがまったく違う。

一九七〇年頃だと思うが、ＴＢＳの永六輔さんの番組で、『風に吹かれて』という自作エッセイの一部を朗読したことがあった。

そのときの永さんの何ともいえない驚愕の表情を、いまでも忘れることができない。

〈こんな日本語があるのか〉

という感じで、口をポカンとあけたまま聴いていたのを思い出す。

とにもかくにも、言葉というものは難しい。

移り変っていく日本語の流れの片隅にいて、日々、ため息をつくばかりだ。

ながら養生法のすすめ

趣味はなんですか、ときかれることがしばしばある。

音楽鑑賞とか、コレクションとか、そんな趣味は私にはない。旨いものを食べるのは好きだが、食べ歩きをするほどの情熱は持ちあわせていない。

麻雀をやるには仲間がほとんどあの世に往ってしまったし、クルマは卒業した。

しかたがないので、「趣味は養生です」と答えることにしている。なんといっても「健康は命より大事」と言うではないか。可能な限り他人さまのお世話にならずに日々を過ごしたいのだ。

ましてコロナの時代である。若い人たちには風邪に毛の生えたくらいの症状でも、この年になれば致命的だ。そこで養生ということになる。

健康法では趣味にはならない。それは実用である。気が重いし、味気ない感じがする。養生、という、どこか頼りない感じがいいのだ。

『養生訓』の貝原益軒先生は、八十四歳まで生きた。人生五十年といわれた時代に、ずいぶん長く生きられたことになる。「人生百年時代」が叫ばれる現在なら、さしずめ百三十五歳の超長寿者だろう。それだけでも凄い。

もっぱら『養生訓』で知られる益軒先生だが、儒学、和学、博物学、数学にまで通じた大学者だった。

そもそも健康法などというものは、大真面目にやるものではないのかもしれない。生きるということは思うにまかせぬことである。いくらスクワットをやったとしても、病気になるときはなるのだ。

だから健康のための努力に期待しない。養生は趣味であり、道楽であるとするゆえんである。

趣味や道楽というものは金のかかるものだ。実利的な見返りを求めてはいけない。面白いからやる、楽しいからやる、そう考えるべきだろう。

私はこれまで、いろんなアイデアをためしてきた。たとえば「五嚼《ごしゃく》二《に》呑《とん》の法」などというのがある。

野性的な消化力を

私の考えるところでは、物をよく噛んで食べることは大事である。しかし、だからといって徹底的に噛み砕いてドロドロになったものを胃に送りこむのは問題だろう。

胃はモノを消化するのが役割りだ。だから本来、恐るべき消化力を持っている。それを甘やかしてはいけない。胃の本来の野性的な消化力を発揮させてやらなければ、胃は退化してしまうだろう。

そこで、週に五日、月曜から金曜日まではちゃんとよく噛んで食べるようにする。そして、土曜、日曜の二日は、ほとんど噛まずに食物を送りこむ。

「胃よ、怠けるな！　ちゃんと働け！」

と、叱咤激励してやるのだ。すなわち「五嚼二呑の法」である。これによって胃は退行することなく本来の野性的な消化力を発揮するのだ。

この理論には科学的なエビデンスはない。しかし私の胃腸は五十年来ずっと快調である。

ゆっくり長く吐く

最近、新しく開発したのは、「口笛呼吸法」というやつだ。

私は父親の影響もあって、子供の頃から呼吸法に関心を抱いてきた。白隠禅師から岡田虎二郎まで、釈尊の呼吸論から由美かおるの呼吸法まで、謙虚に学んできたつもりである。

もともと呼吸法には、宗教的、哲学的な理論が裏付けになっているものが多い。その理論を聞いていると頭が痛くなってくる。思想としての呼吸法が多すぎるのだ。

そこで私は単純率直に、「吸う息は早く短かく、吐く息はゆっくり長く」と単純に考えることにした。「呼吸道」でも「呼吸法」でもない。要するにゆっくり、長く吐くことだ。

さて、どうすれば吐く息を長く自然に持続させることができるのか。

寝床のなかで考えているとき、ふと頭にひらめいたアイデアがあった。口をすぼめて息を吐いているうちに、偶然に音が出たのだ。自分で気づかないままに口笛を吹いていたのである。

口笛。

子供の頃、よく父親から叱られたものだった。

「夜中に口笛を吹いてはならんぞ」

「なぜ?」

「なぜでもだ」

剣道家でもあった父親は、口笛は男のなすべきことではない、と信じていたのだろう。

むかし炭鉱では、坑内で口笛を吹いてはいけない、という不文律があったらしい。実際には坑内での重労働のなかで、口笛など吹く余裕はなかっただろう。それでも「坑内で口笛を吹くな」というタブーが存在したことは確かである。

口笛を吹く、という行為には、どこか軽薄なイメージがつきまとう。戦時中には、灰田勝彦の歌など口笛で吹きながら歩いていたりすると殴られそうな空気があったものだ。

しかし、あらためて丁寧に口笛を吹いてみると、これがなかなか難しいのだ。音がかすれたり、音程が狂ったりする。しかし、吐く息、ということを考えると、これは得難い方法ではないかと考えた。楽しみながらの養生法の誕生である。

それからというもの、寝る前と目覚めたとき、必ず一曲、口笛を吹くようにしている。朝は『サマー・タイム』、夜は『遠くへ行きたい』が定番だ。

吐く息が少しずつ長く、深くなってきたような気がするのだが錯覚だろうか。

マスクの捨てがたい効用

コロナの蔓延《まんえん》とともに、個人的な新しい習慣が身についてしまった。たとえば手洗いである。ふつうは当り前のようになっているマナーだが、私にとっては革命的な習慣である。

私は子供の頃から、あまり手を洗うことがなかったのだ。戦時下に育った人間は、おおむね常識的な生活習慣が身についていないのである。

匍匐前進だの、防空壕掘りだのと手を汚す仕事に追われる日常だったのだ。いちいち食事前に手なんぞ洗ってはいられない少国民の日常だった。

そのかわり、三八式歩兵銃の磨き方は教練の時間に教わった。食糧不足の時代だったから、手づかみでものを食べるような暮らしだったのである。

子供の頃、私が住んでいたのは和洋折衷の簡素な一戸建て住宅だった。父の仕事の関係で、転勤するたびに官舎をかわることになる。

それでも一応、廊下の突き当りにトイレがあり、その脇にはきまって南天の植込みがあった。その横に、手洗い器というか、何というか忘れたのだが、ブリキの水洗器がぶらさがっている。手を押し当てると、水が出てくる簡単な仕掛けである。

「オシッコのとき、ちゃんと手を洗ってる?」

と、母親が私にたずねたことがある。

「うん」

と、嘘の返事をしながら、

「でも、どうして手を洗うの?」

「汚いからよ」

「どっちが?」

「どっちが、って?」

「わからない」

子供の私の疑問は、大事なオチンチンに触るから事前に手を洗うのか、それとも、オチンチンは汚いものだから後で手を洗うのか、ということだった。

そんな理屈を言っても変な子だと思われるだけだろうと、そのときは黙っていた。だが、その疑問はこの歳になっても私の中にわだかまっている。

雑菌とともに暮らす

どうやら、手を洗う、という事に意識下の反撥があるらしいのだ。

だから大人になっても、ほとんど手洗いということが身につかなかった。外から帰ってきたときも、食事の前も、ちゃんと手を洗ったことは、ほとんどなかったように思う。

それには私なりの屁理屈もあった。

神経質に清潔を心掛けるよりも、雑菌とともに暮らすほうが免疫力がつくのではないか、という発想である。

かつて小学生たちがO《オー》157で集団食中毒となり騒がれた頃、名著、『免疫の意味論』の著者である多田富雄さんが、対談の席で、

「あれって、食前食後にきちんと手を洗うような習慣のある子に発症例が多かったんですよね」

と、首をかしげて呟いたことがあった。要するに幼い頃から雑多な菌にさらされて、多様な免疫力を身につけた子供のほうが強い場合もある、という感想である。

私はそのとき天啓を受けたような気がして、それ以来ずっと手洗いをさぼって生きてきたのだ。

それがコロナの流行とともに一変した。

六十年以上つづけてきた夜行性の生活から、朝型人間に急変したと同時に、なぜかしきりに手を洗うようになったのだ。

心中、手を洗うより、足を洗うほうが必要ではないのか、と考えることもある。いまさら手洗い、マスクを励行したところでどうなる、という自嘲めいた気持ちもある。

しかし、人間は常識にもとづいて生きるわけではない。人の行動は理屈では割り切れないものなのだ。

顔の下着としてのマスク

コロナが去ったら人はマスクを外すのだろうか。

そうとも思えない。

数年にわたるマスク生活に慣れた人間は、マスクを外すとき、パンツを脱ぐような気分をあじわうのではあるまいか。

〈マスクは顔の下着です〉

と、戦時中なら大政翼賛会のスローガンになっただろう。個人の自由を頑固に主張する外国とちがって、国民が一致団結して生きる列島なのである。

コロナが去ったあと、私の早寝早起きの習慣は、はたして持続可能だろうか。八十代にして身についた手洗いの習慣は、その後も続くのだろうか。

マスクには、また別な効用もある。実際にはどうかわからないけれども、ある種の匿名性があるところが有難い。

「あんな老人が――」

などと不快そうな目で見られるのは、なにも書店でヌード写真集を眺めるときだけではない。この国では今でも〈年甲斐もなく――〉といった感性が幅をきかせているからである。

大きなマスクをして、顔半分を隠していると、一見、年齢不詳の感じがする。職業、年齢、階級などに関係なく、ある種の市民としての画一性がたもたれるような錯覚があるのだ。実際にはマスクをしていても、完全に無名性が保証されるわけではない。人は雰囲気で相手を識別できるものだからである。

しかし、それが錯覚であったとしても、マスクをすることで別な自分になったような感覚は、捨てがたい効用ではあるまいか。

さて、コロナが去ったあと、何が残るか興味はつきない。

男たちに覚悟はあるか

やたらイタリアにくわしい友人がいて、事あるごとに何だかんだと忠告してくれる。

私がイタリアの麺類をぜんぶスパゲッティと呼ぶと、すぐに、

「スパゲッティはパスタの一種。どれもこれもスパゲッティと呼んじゃいけない」

とか文句を言う。

夜のカフェでカプチーノを頼むと、

「カプチーノは夜に飲むものじゃない」

などとイチャモンをつけたりする。そのくせ本人は一度もイタリアを訪れたことがないらしいから笑える。

しかし、昨夜、胃の具合いが悪くて目が覚めたとき、ふと彼の言葉が頭に浮かんだ。

そういえば、ゆうべはカプチーノを二杯飲んでいる。胃酸が逆流して喉がヒリヒリしたのは、そのせいだろうか。

とりあえず正露丸を、と手を出しかけて、先日の週刊誌広告の文句を思い出した。なんでもかんでも正露丸はよくない、といった見出しが頭に残っていたのだ。

何か悪いものでも食べたのだろうかと記憶を確かめてみたが、どうも心当りがない。私はコーヒーが好きだ。仕事柄というわけではないが、執筆の前には必ずコーヒーを一杯、そして一段落ついたところでもう一杯飲む。

しかし、これまでの経験から、自分がカフェインに向かない体質であることは自覚していた。インスタントのカフェインレスというやつをためしてみたが、やはりなんとなく物足りない。

若い頃はそうでもなかった。仲間たちと珈琲屋さんの梯子をしたりもした。当時は、友達といくら話をしても、まだ話し足りない感じだったのだ。いまは独りでカプチーノを飲む。こういうのを「黙飲」とでもいうのだろうか。

とりあえず年のせいで、胃の消化力が退化したのだろうと考えた。

カフェインの活力と負荷

最近、七十の壁、八十の壁、などとかまびすしいが、たしかに年齢の壁というものは存在する。

先日、新聞を眺めていて一枚の写真に目がとまった。バイデン大統領が、自転車で転んだという記事で、ご丁寧にも引っくり返ったスナップ写真まで掲載されていた。なんでも自転車から降りる際に、ペダルに足を引っかけて転倒したらしい。バイデン氏も年内には八十歳になるという。当然のことながら年齢の限界というものは、どんなに偉い人にも、いやおうなしに訪れてくるものである。

一方、プーチン大統領にも高齢の色は濃い。かつては肉体自慢で、マッチョな写真がやたらと発表されていたものだが、最近はテレビで見ていても加齢の気配は隠せない。

かく言う私自身も、あと数カ月で九十歳の壁を越える高齢者である。

若い頃、何杯飲んでも平気だったカプチーノがこたえるというのも加齢のせいだろう。問題はカフェインである。丈夫な人には活力の素となるカフェインでも、高齢者の胃には負荷がかかり過ぎる場合もある。

カフェインのはいっていない飲物を、と考えて、カモミールティーなどをためしてみたが、なんとなく今ひとつ。

コーヒー系は朝だけにして、夜は青汁でも、と考えたが、青汁を飲んで執筆意欲が、はたしてわくものだろうか。

綺麗なバラには棘がある、と覚悟して、一杯のコーヒーを嘗めるように頂くことにするか、などと、九十歳の壁、目前の文筆労働者の悩みはつきない。

三組に一組が離婚

ところで先月、びっくりしたことの一つは、最近の日本における離婚率の高さだ。先日の毎日新聞の記事（六月二十日朝刊）によれば、

「日本では近年、年間二十万組前後」が離婚するとのこと。

これは結婚した三組に一組が離婚したことになる、という。

三組に一組！　本当だろうか、と一瞬目を疑った。

このところ単身世帯が急増している、というニュースは知っていた。結婚に踏み切っても、三組に一組が離婚するのでは、単身世帯が増えるのは当り前だ。

結婚とか、家庭とかいった生活の形態が、いま根本から変ろうとしているような気がする。

話にきけば、料理ができる男性、というのが結婚の一つの条件となっているらしい。家事と育児が女性の仕事だった時代は、とっくに過ぎたのだ、と、イタリア通の友人は言う。

家事は分担が当り前、子供に関しても、出産が女性の仕事、育児は男性の役割り、と考える風潮が次第に広がりつつあるというのだ。

そうときっぱり割り切ることができればいいのだが、そこが過渡期である。

世の男性たちには、まだその覚悟ができていないのではないか。社会構造もそうだ。そこから生じてくる現実逃避が、単身世帯の急増であり、高い離婚率なのだろう。それが良いとか悪いとか論じても意味がないような気がする。

三組に一組の離婚は、このままでは二組に一組となるだろう。ほとんどが単身世帯になった世の中を考えると、気が重くなってくる。

「イタリアでは――」

と、必ず口にする友人も、この話になると黙ったままだった。

明日どうなるかはわからない

コロナ禍収束の気配がかすかに見えはじめたと思ったら、こんどはウクライナの戦争である。

日本列島は桜のシーズンにはいったが、今年の春は落ち着いて花を見る気もしない。

〈明日ありと思う心の仇桜——〉

という歌の文句が、ふと口をついて出てくる。少年親鸞が慈円のもとで出家を願ったときに詠んだと伝えられる和歌の文句である。

〈夜半《よわ》に嵐の吹かぬものかは〉

と続く。

もちろん伝承であるから、出来過ぎなお話だと軽く考えていたが、最近、妙に心に重くのしかかってくるようになった。

「明日はどうなるかわからない」

それが世の中というものだ。

〈夜半に嵐の吹かぬものかは〉である。

嵐は吹いた。世界中がウクライナの運命を、固唾《かたず》をのんで見守っている。まかりまちがえば、第三次世界大戦の発火点になりかねない事変だからである。

毎朝、待ちかねて新聞を読み、テレビでBBCニュースをみる。やがて一千万人を超すと予想される国内外の避難民の映像を眺めていると、朝食がすすまない。花見どころの気分ではないのだ。

先日読んだ読売朝刊（八面）の記事が、まだ心に引っかかっている。

〈国外脱出を図る男性の拘束が相次ぐ〉という記事だ（三月二十日）。

〈国外へ出る人の経由地となっているリビウなどの西部では、キエフや東部からの避難者を「非国民」だと敵視する住民も一部におり、避難者の居場所を徴兵事務所に通報す

るケースもあるという〉

ありうることだ。さらに、

〈国境警備隊は、女装したり、荷物に身を潜めたりして国境を越えようとして拘束された男性の事例を、見せしめのようにホームページに掲載。三人以上の子供や障害者の扶養者など、特例で出国が認められている男性についても、証明書の偽造などがないか目を光らせる〉

という。

ウクライナは、十八歳から六十歳までの男性を徴兵の対象として出国禁止にしている。

女装して難民とともに脱出しようとして発覚し、拘束された男性は、どのような扱いを受けるのだろうか。

〈非国民〉という言葉が重くのしかかってくるのを感じた。

卑怯者のレッテル

日露戦争の頃、九州福岡に、中島白雨という若者がいた。同郷の北原白秋の年少の頃の親友である。

彼はロシア文学を愛し、ロシア語を独学で学んでいた。そのために周囲から「露探《ろたん》」（スパイ）の嫌疑をかけられ、自殺する。白秋はそのことを終生、忘れることがなかった。

昭和ヒトケタ派の私は、わずかに戦前、戦中のこの国の空気を知っている。髪にパーマをあてていたり、戦闘帽をかぶっていないだけで「非国民！」と指弾された時代だった。

戦争はさまざまな悲劇を生む。

世の中には勇気のある人間だけがいるわけではない。卑怯な心を持つのもまた人間である。

女装して国外に脱出しようとして拘束された若者、いや、若者とは限らないが、その人の人生とは一体いかなるものだろう。卑怯者のレッテルを背中にしょって一生を生きていくのだろうか。

夜半の嵐の行方は

かつてソ連時代のソ連軍には、俗に囚人部隊と称される第一線部隊がいた。囚人も勿論いたが、それだけではない。独ソ戦で敵側の捕虜となって帰還した兵隊たちもまた、スパイの嫌疑をかけられて大きな差別を受けた。囚人部隊とひそかに呼ばれた最前線部隊には、そういった兵士たちも多く編入されていたという。

地雷原を突破するとか、極端に危険な戦線では、彼らが先頭に立てられたらしい。

私が北朝鮮で敗戦を迎えたとき、最初にあらわれたのは、そのような第一線の戦闘部隊だった。

破れた靴をはき、ボロボロの軍服を着て、腕に刺青をし、隊列さえ組まない異様な戦闘集団だった。

マンドリン銃と俗称された自動小銃を逆さにかつぎ、ときどき気まぐれに空にむけて発砲したりする。

彼らの印象が、ソ連軍への先入観として残ったが、まもなく後続の正規軍が到着してからは、混乱はおさまった。

後で聞いた話では、最前線に囚人部隊を前進させ、もし後退しようとする者がいると容赦なく後続部隊の友軍が射ったと、いう。

私はその話を、働きに通ったソ連軍宿舎の将校から聞いた。

命がけの最前線部隊だけに、占領した街での行動も、常識ではとうてい許容できないものとなる。

『水子の譜』という戦後の博多港引揚者のドキュメントがある。それを読むと、その実態がよくわかる。

一日もはやく戦争が終ることを祈りつつ、それでも鬱積《うっせき》する思いを振りはらうことができない。

ウクライナはどうなるのだろうか。第二のベトナム、第三のアフガンにだけはしてはならないと思いつつ、ニュースの映像を凝視する。

「春愁」などという、おだやかな心に身を浸たす時代は、もう終ったのだろうか。「夜半の嵐」は、今後どのように吹くのだろうか。

心ざわめく春だ。

きたるべき超インフレ時代

このところ物の値段が目に見えて上ってきているようだ。

政府は二パーセントのインフレを目標としていたわけだから、さぞかし満足だろうと思うのだが、そうでもないらしい。

二パーセントを超えて、際限なくインフレに歯どめがかからなくなるのは問題である。

それよりも困るのは国民のほうだ。私は経済にも政治にもうとい人間だから、難しい理屈はわからない。ただ昭和、平成、令和と生きてきて、肌で感じる実感はある。それはインフレは好きではない、という抜き難い思い込みである。戦中、戦後と、何度となくインフレの時代を体験してきたし、若い頃はしばしば外国を訪ねる機会があったので、ラテンアメリカやソ連の超インフレも幾度となく見聞してきた。

なかでもソ連がロシアに移行する時期のインフレは、肌身にしみてその恐ろしさを痛感したものだ。

あるアパートでは、高齢の婦人にからっぽの冷蔵庫を見せられて、

「今夜、食べるものも買えないのよ。市場にはモノがあふれているというのに」

と、涙ながらに訴えられたりもした。

市場にモノがあふれているというのは、要するに闇市のことである。戦後、〈焼け跡・闇市派〉などという言葉が流行し、野坂昭如さんや私たち行儀の悪い新人作家がひとくくりにされた時代があった。もっとも私は「オレは焼け跡・闇市派じゃない。〈外地引揚派〉だ」と主張した憶えがある。

その〈闇市〉とは、お上の配給制度に反するブラックマーケットのことである。

そこには街の商店からはまったく姿を消した食料品、衣類、酒や煙草などが山のようにあふれていたのだ。砂糖だろうがチョコレートだろうが、ふんだんにあった。

当然のことながら値段は高い。それだけでなく、一日ずつ刻々と、モノの値段が上っ

ていくのである。インフレの度合いを如実に反映しているのが闇市だった。

『週刊新潮』が一冊五千円に

インフレが過熱すると、札束は意味がなくなる。物々交換の取引きがはじまる。超インフレの時代には札束は紙くず同様だ。とにかくモノが物を言う世界である。実用の役に立つモノが主役なのだ。

立派なモーニングの礼服を持っていって、角砂糖一箱としか交換できなかった退職官吏がいた。

私の父親は学校の教師だった。生涯を月給取りとして暮した。長く勤めるにつれて、少しずつサラリーは上っていったはずだが、物価の上昇にはとうてい追いつかない。

それで戦後の一時期、教師をやめて闇ブローカーに転じたこともあったが、やはり向かなかったとみえて月給生活者にもどった。おかげで、いつも借金に追われていたようだ。

インフレの嫌なところは、物価の上昇に月給が追いつかないことである。月給は常におくれて上るのだ。月給が二倍になったときには、物価は四倍になっている。月給が四倍になるとモノの値段は八倍、十倍、二十倍になっている。『週刊新潮』が一冊五千円になる日がこないとも限らないのだ。

逆に小金を貯めている高齢者などは、アッというまに転落する。

超インフレを想起せよ

もう七十数年も昔のことになるから、記憶している人はそう多くないはずだが、戦後、〈預金封鎖〉というものがあった。銀行や郵便局にあずけてある預貯金が凍結されてしまったのだ。いわば国民に対する経済制裁である。

そんな乱暴なことができるだろうかと今の人たちは思うだろう。それができるのだ。

その情報をいち早く察して現金をおろし、札束を山のように押入れに隠した小金持ちたちには、新円切り替えということで、古いお札を使えなくした。新円に替えるためには、いやでも古い紙幣を銀行の窓口に持っていって申告し、決められた一定量だけを交換してもらうことになる。ヤミの箪笥貯金が多いから、ほとんど税金で持っていかれたはずだ。

国家というのは、いざとなれば国民に対してどんな非道なことでもできるのである。国を甘く見てはいけない。

私のインフレ嫌いは、理屈ではない。戦中、戦後を生きてきた人間の後遺症のようなものだ。

インフレは一面では、気分が高揚する現象である。社会に活気をもたらすような感じがする。デフレはその反対だ。

私の母も学校教師だった。エプロン姿で台所に立っている母親の姿は、記憶にはない。要するに共働きの子弟である。

したがって、決まった給料をもらって暮らしている勤労者の立場で、つい物事を考えてしまう。

超インフレの進行していた末期のソ連では、サイドビジネスが横行していた。サイドビジネスといっても、いわゆる副業ではない。身も蓋もない言い方をすれば、賄賂《わいろ》である。

かの国では長い民衆の苦難の歴史のなかから、自衛のための私的コンミューンが自然発生していた。そこにはルールとモラルが必要とされた。弱者からは取らない。得た賄賂はプールして仲間と分配する。エシカルな賄賂道が歴史的に形成されていたのである。民衆は自衛する。きたるべき超インフレを想起せよ。

単身社会の幸福とは

このところ単身世帯の数が急激に増えてきているらしい。

統計の数字からしても顕著な現象だが、身の回りの友人、知人、仕事の関係者を見てもそうだ。

中年の編集者で、当然、子供の二、三人ぐらいはいるだろうと思っていたら、何かの折りにいまだ独身と知って驚くことがある。

高学歴の女性が増えると出生率が下がると聞いたことがある。さもありなんという気がしないでもない。

ある程度、自己主張がつよい女性でないと、総合職、管理職にはつけない。男でも女でも自己主張というのが現代人の条件である。

「こういうふうに、やってくれたまえ」

と、上司に命令されて、

「ハイ、わかりました」

と、唯唯諾諾《いいだくだく》、言われるままに仕事をこなすだけでは、自己実現の可能性はない。

「了解しました。すぐやります。でも、なぜ？」

と控え目につけ加えるぐらいでないと、競争社会では生き残れないのである。

女性だけではない。男性もそうだ。競争社会に生きている以上、それは当然だろう。

自己主張のつよい人間同士が一緒に暮すのが結婚である。出身地もちがうし、経歴もちがう。そんな他人同士が日夜、生活をともにするわけだから大変だ。

「どうしてそんな事が可能なのだろうか」

と、ネガティブな感想をもらすと、

「そこに愛があるからよ」

と、まことに感動的な言葉が返ってくる。

愛があれば、すべては解決するのか？

私にはどうもそうは思えない。

〈無くて七癖〉

などという。無難な人でも七つくらいは癖がある、ということだ。

好ましい癖ならいいが、人によっては身震いするほどイヤな癖もあるだろう。

わが身をふり返っても七癖どころか、八癖も九癖もある。

自己犠牲より自己主張

何十年もずっと改めようと思いながら直らないことの一つに、指をなめる癖がある。

新聞や印刷物のページをめくる際に、ペロリと指を舌でなめるのだ。

マスクをしていても、手袋はしない。エレベーターのボタンを押したり、ドアのノブを握ったりする。階段の手すりにもつかまるし、お札や硬貨を数えたりもする。

「指はコロナウイルスとの最前線ですから、なめるのはおやめになったら」

と、先日もスタッフの一人に忠告された。

しかし、これが直らない。何かといえば、ついペロリと指をなめてしまうのだ。

「わたし、食事のあとに爪楊枝を使う人とは絶対に暮せない」

と、おっしゃる高学歴の女性がいらした。

「夜中にイビキをかく男性がそばに寝ているなんて、身震いがするくらいイヤ」

と、告白されていた女性ジャーナリストもいらした。

生活習慣もちがえば、政治的意見もちがう。出身地もちがえば、暮しの感覚もちがう。個性を確立した人間同士が、どうして一緒に暮せるのか。

結婚して家庭をもつということは、お互いにかなりの部分、自己を殺して折り合っていくしかないのだ。

むかしは自己犠牲、などという言葉があった。いまは自己主張が美徳とされる時代である。

他人同士が一緒に起居をともにするということは、かなりの部分、自分を殺すことだろう。つまり妥協して波風を立てないように暮すのだ。

一家団欒の幸せ

かつては我慢が美徳だった。いまは自己実現が常識である。自分を殺して相手に合わせるなどというのは、時代劇の世界でしかない。

「つまり結婚生活は、自分を殺して妥協する行為なわけね」

「いや、そういう面もある、ということさ」

「だったら結婚しても一緒に暮さなきゃいいじゃないですか」

と、いうわけで単身世帯がどんどん増えていくのである。

〈共に平和な家庭をきずく〉

というのは、世界平和を願うのと同様、ひとつの理想だろう。したいけどできない、というのが空想である。できないけどしたい、というのが理想である。簡単に実現できるようなら理想ではない。

まあ、そんなわけで、いまの人々は個性を重要視するようになった。自分を殺すのは悪である。また相手を殺すのもよくない。

一家団欒の幸せというものはある。

橘曙覧《あけみ》という幕末の歌人がいた。福井の人だ。彼の歌に、こんなのがある。

〈たのしみは　まれに魚煮て児《こ》ら皆が　うましうましと言ひて食ふとき〉

人生の歓びというものは、その辺にあるのかなあ、と感じさせられる歌だ。

男女とも年頃になったら結婚して、子供とともに家庭をきずく。

そういう夢というか、常識がいま根底からゆらいでいるらしい。

単身世帯は、これから次第に増えていくだろう。国家が子供を育てる時代が、こないとは限らないのだ。時代は変る。

一瞬の出会い、忘れえぬ記憶

石原慎太郎さんの訃報を聞いたあと、いろんなところから追悼の文章を書けという依頼がきた。何か感想を述べろというインタビューの申し込みも何件かあった。

私は生前の石原さんとは、ほとんど無関係の人間である。だいぶ前に『文藝春秋』誌上で〈同年同月同日生まれ〉という対談をしたことと、小説誌のグラビア企画の撮影でご一緒したぐらいで、個人的に会ったことは一度もない。

思うに昭和七年九月三十日という、誕生日が一緒という偶然に興味があったのではないだろうか。同時代を生きたという意味では、共通の世代といえないこともないのである。

はじめてグラビア撮影で会ったときは、いささか緊張した。

『太陽の季節』で石原さんがデビューしたのは一九五五年だったと思う。私が小説現代の新人賞をもらったのが一九六六年のことだから、大先輩である。当然、「石原さん」と「さん」づけで呼んだ。むこうはたぶん「五木くん」と呼ぶだろうと想像していたのだ。

ところが石原さんは思いがけずジェントルで、「五木さんは――」と、ごく自然に話しかけてきたので意外な気がした。

石原さんとの議論

先日、『今日のアニミズム』(奥野克巳/清水高志著/以文社)という興味ぶかい本を読んでいたら、お二人の対話のなかで私と石原さんが宮本武蔵について話したくだりが引用されていた。

『文藝春秋』の対談のとき議論した自力と他力のエピソードで、誌上には収録されなかった部分である。その事を私がよそで書いたものが目にとまったのだろうか。

「五木さんは他力などというけど、ぼくはやはり自力だと思うな。たとえば――」

と、石原さんが語りだしたのは、吉川英治の長篇『宮本武蔵』にでてくるエピソードだった。

「武蔵が吉岡一門と決闘するために一乗寺下り松に向かうとき、偶然に八大神社の前を通りかかる場面があるでしょう」

「ありましたね」

「武蔵が拝殿の額を仰ぐと、なにか大きな力が伝わってくるような気がする。そこで武蔵はその日の武運を神に祈ろうとするが、はたと感じるところがあった。神に頼るようでは負けたも同然。自力で戦ってこそだ。武蔵は神仏の加護を頼らず、自力で戦うことを決意して、そこを立ち去ったのです。そして勝った。やはり自力だ。ぼくはそう思うな」

石原さんは自分の言葉にうなずきながら、どうだ、というように腕組みして微笑した。

「石原さん、それはちょっとちがうんじゃないですか」

と、私は言った。

「神のご加護を祈ろうとした瞬間、武蔵の心にひらめいたものがあったんですよね」

「そう」

「その一瞬のひらめき、その声こそが他力の声なんじゃないですか。神仏の力にたよってはだめだ。自力をつくして闘え、と。その他力の声にしたがって武蔵は闘い、そして勝った。他力は自力の母、そういうものだと思いますけど」

石原さんは一瞬、目をパチパチさせて、苦笑しながら言った。

「ほら、またまた五木さんはそういう話をして、人をだまそうとするんだから」

『今日のアニミズム』のなかで、奥野克巳さんは、

「自力と他力を含めて二項的な対立として論を立てないことが大事」

と述べているが、私も同感である。まさしくその通りだと思う。このところ「エシカルな資本主義」などという言葉をしばしば耳にすることがあるが、「利他」という発想が経済の世界でも使われるようになってきたのは興味ぶかい。「利他」は「自利利他」

と一体であって、切りはなして二項的に語られるべきではないのだ。

自力と他力

自力と他力に関しては、清水高志さんの語ったことのなかで、私が深く納得したのは、〈人類学から仏教へ／哲学から仏教へ〉という章で、「自分自身がなかに入っていない学問というのは、本当はよくない」というくだりだった。

清水さんはこんなふうに語っている。

〈(前略) 岩田慶治が折に触れ語るように、自分自身がなかに入っていない学問というのは、本当はよくないということで、彼は地理学から人類学に移っていったわけです。柳田国男についても、彼の民俗学というのは柳田さんの幼少期からの「おのれ語り」であって、そこが素晴らしいということを言っている。(中略) 岩田慶治の学問のあの構造のなかで、初めて彼自身も語るのだとすると、アニミズムは「木が語るものである」「森が語るものである」というけど、そもそも木や森が語る以前に、人間が語っていな

かったのではないかという気がします。(後略)〉

清水、奥野のお二人とも、呆れるほどの博学で、私には半分も理解できない高度な内容なのだが、わけのわからぬまま読み進めていて飽きることがなかったのは、なぜだろう。

石原さんは、一見、厄介なようでいて、実はよくわかることを語る人だった。一瞬の出会いだったが、忘れえない記憶が残っている。

変る時代と変らぬ意識

このところ文章を書きながら、ふと筆が止まることが多くなった。

それは私たち旧世代の人間が使う言葉が、いまの人たちには通じないのではないかと躊躇《ちゅうちょ》するためである。

文章はメッセージだ。意味不明の文章を書いて自己満足しているわけにはいかない。

そもそも「筆が止まる」などという言い方そのものに現実味がないような気がする。この文章は筆で書いているわけではない。万年筆で書いている。正確に書くなら「万年筆が止まる」と書くべきだろう。

私たちにとっては常套句であっても、ほとんどいまはリアリティーを感じられなくなった表現は少くない。

たとえば「川の字になって寝る」、などというのも若い人たちには意味不明の表現かもしれない。言うまでもなく、子供をあいだにはさんで、父親と母親が左右に寝るスタイルだ。つまり「川」の字である。

若い人にそう説明していたら、「じゃあ、セックスのときはどうやるんですか」と、真顔できかれた。

「蚊帳《かや》の外」

などというのも、ほとんど現実味のない形容句である。そもそも蚊帳に実感がない時代なのだ。

「昔の夏は風情があったなあ」

と、嘆くお年寄りもいるが、なにしろ蚊には苦労した。団扇《うちわ》片手に夕涼み、などといっても、蚊の攻撃がすごい。プーンと音を立ててやってくる蚊はいいが、なかには音もなく忍び寄ってくるステルス性の蚊もいる。ピシャリとやると、手のひらに赤い血がつく。

座敷に蚊帳をつるのは、大体において子供の仕事である。寝室などという洒落たものは庶民の暮しには無縁だった。脚立《きゃたつ》に乗って部屋の隅に金属の輪をかけて回る。「蚊帳の外」という表現には、実感があった。

濃厚セックス?

「目尻を下げる」

などという表現も最近ではあまり用いられなくなってきた。新しい小説家は、人が笑うことをおおむね、「口角を上げた」と書く例が多い。

「尻に帆かけて」などという言い方も、あまり耳にしなくなった。モゴモゴしゃべっていると、

「え?　尻にホカロンですか?」

などときき返されそうだ。

「ドングリのせいくらべ」

まあ、ドングリは知っているだろうが、背の高さをうんぬんするのはルッキズムといって駄目です、と言われかねない。「ドングリのせいくらべ」とは、格のちがいを言っているので、べつに背の高さ低さを問題にしているわけではないのに。

「犬が西向きゃ尾は東で――」

と言ったら、

「でも首を回してふり返る犬もいるでしょ」

と、たしなめられた。たしかに散歩のときに人と一緒に歩いている犬は、ときどき首だけを回して主人をふり返っている。〈主人〉はまずいかな?

そういえば新型コロナが蔓延しはじめてから、あまり聞き慣れない言葉が次々に登場してきた。

「濃厚接触」

などというのも、その一つだ。これをどう聞きまちがえたか、「濃厚セックス」と勘違いしている人がいた。

また、警察の交通安全標語募集に何度か入選したことがあるという標語マニアが、自信作だと小声で披露してくれたのは、

〈マスクは顔のコンドーム〉

という標語だった。戦時中、「鉄兜《てつかぶと》」とかいう軍用コンドームがあったと聞いたことがある。

最近、神経をつかうのがジェンダーに関する表現だ。私自身、きわめて差別的な表現が身についてしまっているのである。言葉と意識は深いつながりがあって、言葉から意識が生まれるのだと言ってもいい。

戦争の時代には、ことに男性優先の思想が強調された。そんな時代に幼少期を過ごした人間は、骨の髄まで男子優先の感覚が身にしみこんでいるのである。

それは一朝一夕に脱却しがたい、気が遠くなるような作業なのだ。

骨がらみの意識

しかし、その糸口が言葉にあると思えば、そこから少しずつでも古い感性から脱却することも不可能ではないだろう。

「性差別の意識を克服することは、男子一生の事業であります」

などと発言した革新系の政治家がいた。自分が書いた若いころの雑文を読むと、あ、これは問題だ、と思わず首をすくめたりする表現が随所にでてくる。半世紀前の自分の意識はそんなものだったのだ。

それが時代とともに少しずつ変ってきたのは、自分の進歩ではない。時代の空気に流されているだけではあるまいか。

また時代が逆流したりすれば、それに流されて古い意識がよみがえってくる可能性もなきにしもあらずである。では、どうするか。

とりあえず言葉の問題だ。世界へビー級のチャンピオンだったモハメッド・アリも

「黒と白」の表現にこだわっていた。

頭の切り替えぐらいなら、時間をかければ何とかなるだろう。しかし、骨がらみになった差別意識は意識改革ぐらいではどうにもならない。

少しずつ、少しずつそれを脱却していくには、日暮れて道遠し、という感もある。

男女平等というのは、この国の歴史をゆるがす大変革なのだ。そんな歴史の変り目に生まれ合わせたことを考えると、愕然とするのである。

思いがけない不意の涙

私は九州出身なので、お喋り好きである。

などと書くと、すぐに反論されそうだ。

「九州人が饒舌とは限らないだろ。高倉健みたいに寡黙な男もいるじゃないか」

まあ、言われてみればそうだが、健さんとても心を許した仲間と一緒のときは、結構、気軽に喋ったのではあるまいか。

コロナが蔓延する前は、大勢の聴衆を前にして話をすることが少くなかった。お客さんが多いと、自然に話が脱線してしまって、一時間の約束が一時間半になることもあった。

最近はリモート出演の依頼もときどきあるが、講演というのはやはりナマが一番だ。

途中で、いろんなハプニングが起こったりもする。そこがまた面白い。

いつだったか、人の生死の話をしていて、

「生まれてきた人間は、かならず死ぬのです」

と話したら、そのとたんに客席にいた赤ん坊がギャーと泣きだした。

あわてて、

「大丈夫、大丈夫。きみはまだ先が長いんだから。心配しなくてもいいよ」

と言ったとたんに、ピタリと泣きやんだのでびっくりした。赤ん坊は直観的に、こちらの言葉がわかるのだろうか。不思議である。

酔っぱらった客がまぎれこんでいて、さかんに野次をとばすことがある。

こういうときは沈黙して話を中断し、しばらくつっ立っていたほうがいいようだ。まわりの人がうまく連れだしてくれるから、そこでまた話を続ければよいのである。

「素人さんは怖い」

年をとると、思いがけない身体的反応が勝手におきたりすることがある。突然、こちらの感情とは無関係に涙があふれてきたりする。

いちど母親の思い出話をしていたとき、不意に涙があふれて頬をつたい始めた。感傷的な話をしていたわけではない。母がときどき廊下の隅においてあったオルガンを弾きながら、北原白秋の抒情歌を口ずさんでいたことを語っていたのだ。

私自身は全然センチメンタルな気持ちでもなんでもないのに、勝手に涙がでてきたのである。

この時は本当に困った。きっと何かの生理的刺戟によるものだろう。私は人前で泣いたりするのは絶対にいやなタイプなのである。

先輩作家で、いつも母親の話をする人がいた。故郷を出るときに、駅まで弁当を作って見送りにきてくれた老いた母の思い出話である。

その話をする際に、その作家は、掌で涙をぬぐいながら語る。すると聴衆も全員が必ずもらい泣きをするのである。

私はそういうのが苦手だった。できるだけおかしな話をして皆に笑ってもらうほうがいい。

いちどある若い落語家が私の前座をつとめてくれた会があった。彼の噺が終って私の番になると、その人は一番前の席に坐って私の話を聞くという。

これには困った。なにしろ向うは笑いのプロである。下手に笑いをとろうとすれば恥をかくだけだ。しかし、ふだんと違う堅苦しい話をするわけにもいかない。

そこでいつも通りに、おかしな話で最後をしめくくった。

控え室にもどると、その噺家さんが待っていて、

「いやあ、つい笑っちゃいましたよ。素人さんは怖いと、つくづく思いましたねえ」

と、言ってくれた。

健康の秘訣

これまで何度も書いた話だが、どんなにがんばっても笑わないグループが三つある。

一つは、お坊さんがたの集りだ。お説法のときには面白い話もするのに、聞く側に回るとかたくなに笑わない。

死ぬまでにお坊さんたちを大笑いさせてみたいというのが、私の願いである。

もう一つは、学校の先生がたの集り。

ことに教頭先生や校長先生の団体だと、最初から白旗を掲げたほうがいい。

最後の一つは、ドクター、お医者さんたちの集りである。そもそも黙って人の話を聞くという行為に慣れておられないのだろう。それぞれさしで話をすれば面白い先生もいらっしゃるのだろうが、集団となると難攻不落の軍団だ。

また、土地柄というのもある。やはり北のほうが空気は重い。大阪から西、広島や福岡あたりだと開演前から客席がにぎやかだ。司会の人も、

「三年前にもお話をお聞きしました。すごく面白かったですよ」

「三年前ですか。どんな話でした？」

「いや、話の中身はぜんぜんおぼえとらんけどね」

と、呑気なものである。

「健康の秘訣は？」

とか、そんな質問を受けることが最近しばしばあるが、私は内心、講演が大いに役立っているのではないかと思っている。聴衆から元気をもらって帰ってくるのだ。

それがコロナ流行以来、火が消えたように淋しくなった。リモート講演ではエネルギーはもらえない。

いつから人前で喋れるようになるのだろうと、ため息をつきながらステイホームの日々を過ごしている。

百年人生の荒野をゆく

最近、「人生百年時代」とか「百歳人生時代」とか、しきりに騒がれている。

昔は「人生七十古来稀《まれ》なり」と、杜甫の詩が引用されることが多かった。

「人生五十年」というのも、耳になじんだ文句である。

まあ、五十歳前後で人生にサヨナラするのが普通で、七十歳まで生きるなんてことは夢のまた夢だったのだ。夏目漱石がロンドンに留学していた頃、日本人の平均寿命は四十歳台前半だったという。

一体、いつ頃から人生百歳などという話がでてきたのだろうか。

そういえば以前、時代を先どりするような歌があったことをふと思いだした。

懐しのザ・フォーク・クルセダーズである。一九六〇年代の後半、「フォーク・クルセダーズの時代」といっていい季節があった。

「フォークル」でとおっていたが、正式には「ザ」がつくらしい。『帰って来たヨッパライ』は、オリコン史上、初のミリオンとなった歌だった。

〝天国って、酒が旨くてネエちゃんがメチャ綺麗なところ〟というイメージを、大人も子供も笑いながら受け入れたのである。一方、政治的圧力がかかって発売中止になった『イムジン河』をめぐっての論議も当時、大きな注目を集めたものだった。

一九六八年の暮に、『青年は荒野をめざす』というレコードがでた。平凡パンチに連載した長篇のタイトルをそのままに、不肖、私が作詞を受けもった。そのB面が、なんと、『百まで生きよう』という北山修作詞の歌だったのである。

数えてみれば、いまから五十年くらい前のことになる。「人生は決して楽じゃないが、若者よ、なんとか頑張って百まで生きようじゃないか」といったメッセージソングだ。

その当時のいわゆる「団塊の世代」といえば、ほぼ二十歳前後の青年たちである。現在七十歳あまりとなれば、五年後にはほぼ全員が雪崩をうって堂々の後期高齢者の仲間入りをする世代だ。

「お年のわりには」

音楽家たちを「炭鉱のカナリア」にたとえる人がいる。状況の変化をいち早く感知するところから、事故の予兆を告げる鳥としてカナリアを坑内に持ちこむことがあったという。

高度成長の夢に国民が胸を躍らせていた時代に、すでに「百年時代」を予感していたフォークルは凄い。

しかし、人生は若い頃も苦しいが、老いてのちも楽ではない。まして後期高齢者ともなれば、健康面、経済面、そして人間関係においても、さまざまな困難が待ちうけている。

青年だけが荒野をめざすのではない。老人の行手にも、また荒野が広がっているのではないか。「百年人生」というのも楽ではないのだ。

フィジカルな面での困難は、いかに現代医学が進歩しようとほとんど役には立たない。私自身も、三つほどの体の不調を抱えて、かろうじて生きているといった感じなのだ。

「年をとったら、自分の病気の話はするな」と、昔、尊敬する先輩に言われたことがあった。たしかに病気と孫の自慢はしないほうがいい。

「お年のわりには、お元気ですね」

と、最近、よく言われる。この表現には、二つの意味がある。一つは「あなたは相当な老人なんですよ」という告知だ。二つ目は「そこそこ人並みに生きていますね」ということの婉曲な表現である。論理的にいえば、この挨拶はまごうことなき「老いハラ」ではあるまいか。パワハラ、セクハラと並んで、三大ハラスメントに属するのが、この「オイハラ」である。

中年女性や、高齢の婦人に対して、「お年のわりには、お綺麗ですね」と言うのはセクハラに属するという。「お年のわりに」にアクセントをおくと、たしかにそうかもしれない。「老人のわりには、まあ見られますね」といった感じで、不快に感じる女性がいらっしゃったとしても当然だろう。

「オイハラ」に悩まされて

セクハラの定義は微妙である。ある解説では、「本人が不快に感じることを指摘するのはセクハラである」と述べてあった。

しかし、これもなかなかむずかしいのだ。頭脳明晰で東大、財務省とエリートコース一直線（最近では問題なきにしもあらず）の女性官僚に、「すごくお綺麗ですね」とほめたら、たぶん不快に感じるのではあるまいか。そういう相手には、「仕事ができる」ことを賞讃すべきだろう。

逆にミスコン出身のタレントに「利口そうですね」とほめるのもどうだろう。いや、美貌と体型に自信のある女性には、インテリジェンスをほめるほうが無難かもしれない。だから人間関係は難しいものなのだ。

私が若かった頃、高名な映画評論家とＮＨＫで対談したことがあった。私はかねてから深く尊敬していた人物だったので、リハーサル中、しきりにズボンの上から太腿を撫《な》でられても平気だった。それも今となっては懐しい思い出だ。本人が不快と思わなければパワハラ、セクハラではないという一例だろう。

「オイハラ」に心を悩ませているおりに、明かるいニュースが届いた。盛岡の『開運橋のジョニー』が、共同で『穐吉《あきよし》敏子米寿記念コンサート』をサポートするという。八十八歳のジャズピアニストの健在ぶりは、「百歳人生時代」への力強いメッセージである。荒野をめざす見事な人びとが、ここにもいる。

「死」は思索から現実へ

いま、午前八時半を少し過ぎたところである。

机にむかって、この原稿を書いている。パソコンが使えないので、四百字詰めの原稿用紙に万年筆、という時代おくれのスタイルだ。

午前中に仕事をするなどということは、私にとっては未知の領域であった。

本を読むのは日が暮れてから。

原稿を書くのは、世間の人が寝静まってから。朝まで書いて、夜明けに寝る。

まるでドロボーのような生活だった。

それを五十年以上続けてきたのだ。

〈ミネルヴァの梟《ふくろう》はたそがれに飛び立つ〉

などと豪語して、完全な夜型人間として生きてきたのである。

「ちゃんと朝日を浴びないとビタミンDが作られないんだよ」

などと友人の医師に忠告されても、どこ吹く風。

「心配ない。ちゃんと毎日、朝日を浴びた後に寝てるから」

と一蹴して、夜行性人間の誇りを守ってきた。午前七時就寝、夕方の五時起床。

ところがなんと、その規則正しい健全な生活が、コロナの蔓延とともに一変したのだ。

夜は十二時を過ぎると眠くなる。ベッドの中で文庫本を読みだすと、十分もたたないうちに瞼が重くなる。いつのまにやら白河夜船。

朝は午前七時前後にバチッと目が覚める。天気が良ければベランダに出て、パンツ一枚で朝日を浴び、ビタミンDの生成にいそしむ。

簡単な朝食。

食後に近くの公園をひと回りする。

もどって朝風呂。

コーヒーを一杯飲んで、机にむかう。

湯のなかに盃一杯ほどの焼酎を入れる。ついでに盃半分ほどを飲む。私は酒呑みではないが、ごく少量の焼酎は活力のもとだ。

以前は顔をしかめて飲んでいたが、最近は旨いと思うようになった。九十歳を目前にして酒の旨さに覚醒してどうなる。

早寝早起きの害

そんな生活がもう二年以上も続いているのだ。コロナが完全収束したら、また以前の夜型生活にもどるのだろうか。それはわからない。神のみぞ知る、というやつだ。

「健全な生活にもどれて、よかったですね」

と、周囲の人たちは言ってくれるが、はたしてどうか。

作家は書くものが命である。いくら健康に暮らしていても、仕事がダメならお話にならない。

午前中に書きあげた原稿を、読み返してみる。昔の本を引っぱりだして、自分の文章をくらべてみる。

うーむ。

なんとなく違うような気がしないでもない。要するに健康なのだ。歪みがないというか、少くとも病的ではない。そこがなんとなく物足りないように感じられる。

年齢のせいだろうか、とも考える。昔は、たとえば「死」という問題は、深くつきつめて考えるものだった。自分の未来に対する怯《おび》えをともなった思索というものがあった。

しかし、いまは「死」は現実である。すぐ目の前に、手のとどくところにある事実である。考えたり、思惟したりする対象ではない。そこが違うのだ。

考えることが浅く、感じることが深い。

早寝早起きの害、ということを考えた。散歩して知らない人と出会うと「おはよう」と挨拶する。朝日を浴びて体が活性化する。仕事もはかどる。ちゃんと新聞も読むから、国際事情もわかる。体のコンディションも悪くない。読み散らかした本の片付けもする。

先週、リモートで五十分間のお喋りをした。とりあえず時間いっぱい話をしたものの、しごく当り前のことをぼそぼそ喋っただけだった。笑ってくれる聴衆もいないし、ステージでの緊張感もない。

なんだか自分が常識人になったような感じがした。以前はもっとふてくされていたような気がする。

世論から輿論へ

世の中には常識というものがある。常識は大切だ。常識があってこそ、ちがう人間同士が折合って生きていけるのだ。

しかし、世の中すべてが常識どおりであるような暮らしは、なんとなくつまらない。たまに非常識な人間がいるから常識人がたのもしく思われるのである。

早起きするようになって、どうも自分が朝型思考に傾斜してきつつあるように感じるのだ。

明治のころ、新聞にすごく活気のある時代があった。当時の新聞には「大新聞」と「小新聞」とがあった。ダイシンブンではない。オオシンブンと、コシンブンである。「大新聞」は「輿論《よろん》」をつくる。「小新聞」は「世論《せろん》」をあつかう。「輿論」とは公論である。「世論」とは世態人情である。

夜型の生活から朝型に転じて、自分のアタマがいつのまにか「大新聞」調に傾いてきつつあるような気がした。

そもそも徹夜で麻雀をやるなどということは、朝型人間には向かない。私も昔は雀荘で順番待ちの合い間に、雀卓で連載の原稿を書いていたことがあったのだ。

コロナ禍がもし終ったら、もういちど夜型人間にもどってみようか、などと考える。もし、その頃まで元気でいたらの話だが。

記憶の海に漕ぎだせば

以前、「ある本を読んでいて」と、そこまで書いて、その本の名前を思い出そうとするのだが、どうしても出てこないことがあった。

物忘れは認知症のはじまりだ、と何かの雑誌に書いてあったが、そんなことはないと思う。

十代の若い人でも、

「えーっと、あの歌手の名前、なんだっけ。ここまで出てきてるんだけど」

「わかる、わかる、あの人でしょ。ほら、あの、なんとかいう歌をうたってる人。えっと、ああ、じれったい」

などとやっていたりする。

物忘れは子供にでもある。まして高齢者になって固有名詞がすぐに出てこないのは当然だろう。たとえ配偶者の名前を一瞬、忘れたとしても、気にすることなどないのだ。忘れやすい人名について言えば、人にはそれぞれ失念のツボがあるのではないか。私の場合は、自分が小説の中に登場させた人物の名前が、なぜか出てこなかったりするのである。

たとえば、この文章を書きながら、ふと思い出したのだが、親鸞の父親であるとされる下級貴族の人物の名前が出てこない。

この人はきわめて興味ぶかい男性で、めっぽう歌が好きだったらしい。歌、といっても和歌ではない。当時、大流行していた歌といえば、今様のたぐいだろう。

今様は、文字どおり当時の流行歌だ。いわばニューミュージックである。白拍子のような人々の世界から発生して、貴族社会にまで蔓延《まんえん》し、一世を風靡した流行歌謡であると解説されるが、それは綺麗ごとだ。要するに今の風俗の世界のようなところからボウフラのようにわきだして大流行し、やがて洗練されて名歌、名曲も生まれたというのが本当だろう。

下級貴族の身とはいえ、そういう世界に熱中し過ぎて、一時期〈放埒《ほうらつ》の人〉とされたのが、親鸞の実父であるという。

私はその人物にすこぶる興味をそそられたのだが、小説の主人公は親鸞なので、ほとんど触れることができなかった。

「和讃」のなかに流れるもの

しかし、私の思うところ、親鸞にはたしかにその父君の血が流れている。

親鸞は幼くして出家し、当時の綜合大学である比叡山に学んだ。当時の仏教は国家仏教、貴族仏教で、法会《ほうえ》が中心だった。個人の修行もさることながら、盛大な法会儀式の施行が重要だったのだ。儀式の進行にかかせないのが音楽であり、経典のコーラスである。

比叡山では教義、経典の勉強と同時に、サンスクリット語や音楽の技法も学ばなければならない。中国からとり入れた念仏のコーラスには、〈山の念仏〉として多くの人びとが参集した。

親鸞は最晩年に、爆発的に多数の歌の作詞をする。宗教歌謡〈和讃〉の制作である。詞の内容は信心の尊さを説くものがほとんどだが、和製のゴスペル・ソングといってもいいだろう。

問題はそのスタイルである。ほとんどが七五調四句からなる歌詞で、その形式はまさしくかつての流行歌謡〈今様〉そのものなのだ。いや、そもそも今様の芯《しん》にあるものは宗教的なコンセプトで、〈法文歌《ほうもんか》〉と呼ばれるものだった。

〽仏は常にいませども　うつつならぬぞあわれなる　人の音せぬ暁に　ほのかに夢に見えたまう

などというのは、なんとも優雅な法文歌の絶唱だろう。

今様には、

〽遊びをせんとやうまれけん　たわむれせんとやうまれけん　遊ぶこどもの声きけば

わが身さえこそゆるがるれ
などという情感あふるる歌もあれば、その時代のファッションを皮肉った歌もある。
〽このごろ都に流行るもの
などというのはラップ調の流行り歌である。

親鸞に父親や母親の影響を指摘する論考は、あまり見かけないような気がするが、〈放埒の人〉と呼ばれた父君の音楽感覚は、親鸞晩年の無数の〈和讃〉のなかに流れているような気がしないでもない。

和讃は今も各地の寺々でうたわれている。その歌声をきくたびに、時空を超えて伝わってくるものを感じないではいられないのだ。

記憶の固定

しかし目下の問題は、その親鸞の父親の名前が出てこないことである。

ある専門家の意見によれば、ど忘れした固有名詞を、

「あれ、なんてったっけ。うーん、出てこない。まあいいや」

で、放置してしまってはいけないのだそうだ。とにかくスマホであろうが何であろうが、あらゆる手段を駆使して問題の固有名詞を探しだす。そのことであらためて記憶が固定するというのだ。

「うん、あれね」

「そうそう。あれだよ。わかる、わかる」

と、仲間うちで済ませてしまっては駄目らしい。

私はこれまでイージーに失念した記憶を放置して、その努力を怠ってきた。アルツハイマー病を治療する薬が開発中と聞くが、薬よりも日々の努力だろう。よし、というわけで今晩ひと晩かかっても、なんとか思い出すことにしなければ。

ようやく「禿」の仲間入り

やや下火になったかに見えるコロナ禍だが、いまだにマスク着用の日々が続いている。コロナの蔓延は、私個人の生活にも大きな変化をもたらした。

これまで何度も書いたが、夜型人間から朝型人間に移行したのもその一つである。六十年ちかく続いた生活が一変したのだ。

朝、七時に起床、夜は午前零時に眠りにつく生活が、すっかり定着してしまった。

ときどき手を洗うようになったのも大変化の一つだろう。私はそれまでほとんど手を洗う習慣がなかった。

「手を洗うくらいなら、足を洗う」

と、豪語していたくらいである。道に何か落ちていると拾って食べるという、引揚げの時代の難民体験が、すっかり身についてしまっていたのだ。

早寝早起き、そして手洗い、じつはそのほかにも一身上の大変化がコロナとともに起こった。

先月、手を洗うときに、ふと鏡を見たら、髪の具合いがなんとなく変であることに気付いた。前頭部のあたりにピンク色の地肌がすけて見えるのだ。

指でかきあげてみると、なんと！その辺一帯ごっそりと毛が抜けているではないか。

私は初老期を過ぎてからも、髪の毛がうっとうしいほど多かった。

年に何回かしか洗髪をしないのを、自慢にしていて、

「盆暮れにはちゃんと洗ってますから」

と、自慢していたくらいである。

それもこれも、自分は一生ずっとこのままだろうという自信があったからだ。

その理由なき過信が、その朝、一挙に瓦解したのである。それまで自分の毛髪の具合いなど、ほとんど観察したこともなかったのだ。

丁寧に観察してみると、頭のてっぺんや後頭部は以前のままである。しかし、前頭部から側面にかけての傾斜部分は奇麗に抜けている。いかにも健康そうなピンク色の地肌だ。

額の生え際にはある程度、残っている。それをうしろに解かすと、なんとかカバーできないこともない。

テレビで見る米国大統領やロシアの独裁者ほどではないが、かなりそっくりだ。

〈夏草や兵《つわもの》どもが夢の跡〉

と、思わずつぶやいてしまった。

親鸞の禿はハゲではない？

これもコロナのせいだろうか。頭にマスクはかぶれない。飛沫感染もエアロゾル感染もありうる。

こんなことなら手洗いよりも、洗髪を励行すればよかった、と、後悔ほぞを噬《か》むが後の祭りだ。

考えてみれば多少とも髪が残っているだけでも有難いことではあるまいか。あと数カ月で満九十歳の壁をこえる身である。

〈よし、これからは――〉

と、ひそかに決意した。

〈新しい名前をつくろう〉と。

親鸞は法難によって越後に流されたとき、新しい名前を名乗った。

〈愚禿親鸞《ぐとくしんらん》〉

というのがその名である。

〈禿《とく》〉は一般に髪のない状態と思われがちである。〈禿頭《とくとう》〉といえば、はげ頭のことだ。

では親鸞はツルツルの坊主頭になったのか。

私はそうは思わない。なぜならそのとき親鸞は、

「僧にあらず　俗にあらず」

と、宣言しているからである。「非僧非俗」の宣言として有名だ。では、坊主でもない、市井の俗人でもないとすれば、それはどのような立ち位置だろう。僧と俗の中間か？　それはない。親鸞は徹底した思想家だった。

私見では、非僧非俗とは、僧侶と一般人の、どちらにも属さないという決意だったのではあるまいか。

「禿《とく》」という字は、当時は「カブロ」とも読まれた。未成年の少年たちは、髪を結わない。ザンバラのおかっぱ頭である。これを「カブロ頭」といった。

また、「非人」として一般市民の埒外《らちがい》におかれた人びとも、カブロ髪だった。つまり「聖・俗・非」の、「非」にあたる人びとのシンボルが「禿髪《かぶろがみ》」だったのである。

法名は「釈浄寛」

「禿」を名乗った親鸞は、「僧」でも「俗」でもない、もう一つの最底辺に身を置く宣言をした、というのが、私の勝手な妄想である。あらゆるものに差別された人びとの中に身を置くという決意宣言だ。

私のこの意見は、いわゆる専門家からは苦笑で迎えられている。エンタメ作家の奇矯な発想として、誰にも相手にされていないのが現状だ。

しかし、親鸞の「禿《とく》」の名乗りは、ハゲ頭という意味ではあるまい。たぶん越後時代の親鸞は、風にザンバラ髪をなびかせながら日本海をみつめていたのではあるまいか。

私の父親は、戦後、外地から引揚げてきて、不遇な死をとげた。法名《ほうみょう》を〈釈浄信〉という。実名が信蔵だったから、一字をとって〈浄信〉なのだろう。さっぱりしたものだ。

若くして亡くなった弟の名前は邦之《くにゆき》だった。そして法名は〈釈浄邦〉。

私の場合は寛之の寛をとって、勝手に〈釈浄寛〉ときめている。ひそかに〈禿浄寛〉でもいいかな、とも思うが僭越だろう。

いずれにせよ、私もようやく世間一般でいう「禿」の仲間入りをはたした。九十歳を目前にして、なにか新しい人生の覚悟がきまったような気分である。

鏡の中の頭を眺めて、思わず笑いがこみあげてきた。

あす死ぬとわかっていても

正確にはおぼえていないが、外国の格言にこんな言葉があった。

〈あす世界が滅びることがわかっていても、私はリンゴの樹を植える〉

たぶん、こんな文句だったと思う。

「それがどうした」

と、いう話ではない。結果がどうあろうと、やるべき事をやるという姿勢を賞讃している言葉だろう。

同じような意味で、私がよく言っているのは、

〈あす死ぬとわかっていても、するのが養生〉

という文句だ。

私にとって養生とは健康法のことではない。それは趣味であり、道楽である。競馬や麻雀に凝る人がいるのと一緒だ。池の鯉に名前をつけて可愛がる人もいるのだから、自分の体に関心をもったとしてもおかしくはないだろう。

石田三成だか誰だったか忘れたが、処刑が迫っているときに飲みものをすすめられて、

「体に悪いから」

と言って断ったという話を聞いたことがあった。飲みものではなくて、ひょっとすると柿だったかもしれない。

私はこの話が好きである。やると決めたら最後までやるのが養生というものだ。すなわち、

〈あす死ぬとわかっていても、するのが養生〉

ということだ。

自分の体のコンディションを保つために、いろんなことをする。または、しない。

これは何か目的があって努力することではない。むかしは「お国のために」体を鍛え

るというシバリがあった。一億皆兵といわれた戦前、戦中の話だ。

これは邪道である。養生は為にするものではない。おもしろいからやる。気持ちがいいからやる。要するに道楽であり趣味である。

私はそんなふうにして、この歳まで生きてきた。いろいろあったが、その都度、なんとか切り抜けて現在にいたっている。

下半身の不具合

しかし、私がこれまでずっと健康であったかというと、必ずしもそうではない。それどころか目下、変形性股関節症とやらをかかえて、日々どうしようもない下半身の不具合に悩まされているのだ。

歩く際に左側の脚が痛む。足首から左腰にいたるまで、いろんな場所が痛む。歩幅も小さくなり、杖を使わないと安定した歩き方ができない。夜もときどき脚部の痛みで目が覚めることがある。いまはなんとか歩けるが、そのうち車椅子になるのではないかと心配だ。

まったく放置していたわけではない。戦後七十年ぶりに訪れた病院では、水中歩行をすすめられただけで帰ってきた。自分でできる体操のパンフレットも頂戴した。うんと悪くなったら手術しましょう、という感じだった。

必要なら痛み止めの薬を出しましょうか、と言われたが辞退したのは私のつまらない意地である。
二、三度、人にすすめられていわゆる代替療法に通ってみたが、どうもはかばかしくない。結局、加齢が最大の原因だろうと自分で納得したのである。
しかし、毎朝の新聞を開くと、〈脚・膝・腰の痛み特効薬〉の広告のオンパレードである。日本列島全体で、どれだけの人が足腰の痛みで悩んでいるのだろうか。虫歯とならんで、これはもう国民病といっていいのではあるまいか。

「で、きみのいう養生は、何か役に立ってるのかね」

と、意地悪な同業者に言われた。

「自分でなんとかする、というのがそっちの持論だろ」

それはたしかにそうなのだ。養生とは自分がやるもので、人の手をかりてやるものではない。加齢のせいにしてしまって諦めるのでは養生論など書く資格はないだろう。と、いうわけで、コロナの流行とともにステイホームで「ＧＯＴＯヨージョー」にはげんでいる。しかし目下のところ、効果はまったくない。

根深い罪悪感

最近、なんとなく感じられるのは、私の下半身の不具合は、心理的、それも深層心理的なものに原因があるのではないか、ということである。

敗戦以来、いや、その前から私はずっと長いあいだ自分の存在に根深い罪悪感を抱えて生きていた。社会的なものもあれば、個人的なものもある。それがコンプレックスとなって、この歳まで根深くつきまとっていたのである。人は一定の年齢を過ぎると、自己防衛の必要をあまり感じなくなる。自分が背負っている罪業というか、因縁というか、そういったものを自分に隠す必要がなくなってくるのかもしれない。

罪はつぐなわなくてはならない。しかし、こころでそれをつぐなうのは重すぎる。そこで体でそれを背おうことにしたのではあるまいか。つまり私の脚の痛みは、こころの痛みの転位現象なのかもしれない。

そう思うようになると、これまで不快でしかたがなかった脚の痛みが、なんとなく大事なものに思えるようになってきたのだ。この痛みは大事なものではあるまいか、と思ったりするのである。

しかし、自分の過去をいくら反省したところで、とり返せるものではない。養生というのは痛みを解決するだけのものではなさそうだ。痛みを大事にすることで生を養う、という道もあるのかもしれない、などと、ひそかに考えることもあるのだ。

体は枯れても、心は枯れない

この夏が過ぎると九十歳だ。

七十、八十の壁、という言葉はよく耳にするが、九十の壁とはあまりいわない。故瀬戸内寂聴さんのことなど思い返すと、九十歳というのは一つの通過点のようにしか思えないが、実際にはなかなか大変なことなのである。

問題は、心と体の二点である。歳とともに心が広く深くなっていく人もあろうが、凡人はなかなかそうはいかない。

人には欲というものがある。私は年を重ねるごとに欲望は薄らいでいくかと思っていたのだが、これがなかなかそうはいかないものなのだ。

年寄りになったからといって、枯れないのが人間の心というものである。いや、むしろ身体的に衰えた分だけ、世俗的な欲望は高まってくるのではないか。枯淡の境地、などというものは、はたからそう見えるだけなのかもしれない。

歳をとっても想像力は枯れないものなのだ。むしろ体が不自由なだけかえって旺盛になってくるところがあるのではないだろうか。世にいうヒヒ爺《じじい》とは、そういうことだろう。

体は枯れても、心は枯れない

体は枯れても、心は枯れない。

この不自然な矛盾が、高齢者の生き方を厄介なものにするのである。

体は枯れている。物理的、生理的にそうなのだ。それにもかかわらず心が枯れない。

以前、『文藝春秋』誌で、〈うらやましい死に方〉という企画を一般から募集したことがあった。家族や友人知人などの体験から、あれはいいなあ、と感じた去り方の実例を文章に綴ってもらって編集したのだ。

そのなかには、死に際して「南無阿弥陀仏」ととなえつつ息絶えたというような例もあったが、大半はごく普通の臨終の姿で、かえってそれが感動的だったような気がした。

趣味のダンスを一曲踊って、やがて亡くなったとか、好きなあんパンを口にしたあと息絶えたとか、いわばかなり俗な亡くなり方の実例が多く寄せられたのである。

人は亡くなるまで欲は去らない。むしろ年を重ねるごとに、はっきりしたかたちでそれがあらわになってくる。枯れたと見えるのは、外観であり、身体的な能力だ。心は枯れない、というのが、九十歳を目前にした私の実感である。

年寄りの愚痴

ところが、そこに問題があるのだ。心は枯れないのに、体のほうが枯れてくるのである。

私は膝と股関節の老化以外に、いまのところさしたる病状はない。

しかし、これといった病気ではないが、老衰という自然現象を抱えている。

下半身の筋肉が落ち、少し動いても息切れがする。体幹が弱くなっているらしく、立居振舞いが不安定だ。ふらついたり、つまずいたりしやすいのである。

夏場の冷房が体にこたえる。階段の昇り降りがきつい。物をよく取り落とす。約束の時間はちゃんとメモしておかないと、すぐに忘れる。腰が痛い。夜中に何度もトイレに起きる。

こういうのを、年寄りの愚痴というのだろう。あげればいくらでもきりがない。九十の壁を目前にして、うーむ、と腕組みして立ちすくんでいるというのが正直なところだ。

しかし人は、なぜ長く生きようとするのか。

正直なところ、私には終生の目標とするような何かがない。それでは生きている意味がないではないか、と叱られそうだが本当だ。

しかし、心のどこかに長く生きたいという個人的な気持ちはある。それはまったく自分ひとりの願望で、偏執とでもいうべき感情である。

両親の分まで生きる

私の母親は敗戦後、ソ連軍が進駐していた北朝鮮の平壌で死んだ。葬式もできずに見送った。

父親も早く世を去った。引き揚げ後、いくつかの職を転々とし、私が大学生のときに死んだ。早世、というのではないが、人生の半ばで世を去った。

そんなわけで、私の若い頃の目標は、少くとも両親より長く生きよう、ということだった。

やがてその年齢をこえると、こんどは両親よりもできるだけ長く生きよう、と思うようになった。人生の半ばで世を去った親にできることは、二人にかわって自分が少しでも長く生きることだと、わけもなくそう感じたのである。

私ひとりが勝手に生きているのではない。人生の半ばで倒れた二人の分まで生きよう、というのが、私の潜在的な願望だったのかもしれない。

父親は教師の仕事を長くつとめたが、和辻哲郎の『古寺巡礼』を愛読し、大和や斑鳩の地に憧れていた。しかし憧れるだけで、一度も奈良を訪れたことはなかったようだ。私が四十代の終りから五十代にかけて、しきりに斑鳩を訪れたのは、小説の取材のためだけではなかったのかもしれないと思う。

また私が若い頃、CMの仕事から童謡の作詞家という古くさい仕事へと転じたのも、母親の記憶と縁があったのでは、と思ったりする。

母は、戦時中に軍歌はうたわず、いつもオルガンを弾いて昔の童謡をうたっていたのだ。

両親にかわって長く生きる、それがせめてもの親孝行だ、という気持ちが、私を生きさせているのかもしれない、などと柄にもないことをふと思う夏である。

もはや、こわいものなしですな

人間、九十歳をすぎると、こわいものなしですな。

先日、金子《かねこ》兜太《とうた》・半藤《はんどう》一利《かずとし》という古武士お二方《ふたかた》の対談集を読みました。読後の感想というのが、それです。

本の題名は『今、日本人に知ってもらいたいこと』（ＫＫベストセラーズ）と、まことに格調高いもので、寝そべって読むわけにはいきません。

最初は机にむかって、襟を正して読んでいた。前半は東日本大震災、東京大空襲、南方トラック島での戦争体験などを踏まえての対話で、ずしんと肚《はら》にこたえる内容です。

戦争はいかん、平和が大事、なんて簡単にいいますが、戦争がどういうものか、実際にはほとんど知らない。昭和ヒトケタ生まれの私ですら、戦場の実体験はないのです。

半藤さんは昭和五年のお生まれだそうですから、私より二歳年上です。この二年の差が大きいんですね。

さて、前半、姿勢を正して読んでいたのですが、後半になってややリラックスしてきた。さらに読みすすむうちに、椅子からおりてあぐらをかき、ついには寝転がって読む。そのわけは九十翁、金子兜太先生のお話が、あまりにもリアルといいますか、鄙猥《ひわい》、いや、それを通りこして天衣無縫《てんいむほう》の境地に達していたがためでありました。

原詞と塡詞の対比

ざっとご紹介しますと、金子兜太さんの御父君は、秩父の赤ひげ先生みたいな地方の医師でいらした。貧乏な患者からは金をとらないので、医者のくせに家計は年中ピーピーだったという。

そのお父上が、抜群に文才のおありだったドクターで、現行の秩父音頭の歌詞はそのかたの筆になるものだそうです。

なぜ医者の先生が秩父音頭の歌詞なんぞを書かれたのか。

それはちょっと遠慮がちにいわざるをえないような所があるのですが、要するに従来の秩父音頭の原詞《もとうた》が、あまりにも強烈といいますか、個性的でありすぎた。そのために、昭和五年の明治神宮遷座十周年祭を記念して秩父音頭が奉納されることになったとき、これはいかがなものか、という話がでたらしい。

どこがいかがなもの、か。

これは私がいっているわけではないんですよ。あくまで金子先生のお話ですからお許しいただきたい。

「その卑猥なやつを一つご披露申しますと、こういうのがある」

と、金子さんがおっしゃっている。

〽おめこひっくりけえして中よく見れば、色は紫、ドドメ色金子先生の少年期には、寺の庭でこんな唄を歌いながら、盆踊りをしたんだそうです。男たちはみんな腰をかがめて、前にいる女性のお尻をなでながら、「おめこひっくりけえして中よく見れば」と歌う。

「あの時代を忘れませんな」

と、九十をすぎた巨匠に、こわいものはありません。

ところで、寝っ転がって大笑いしながら読んでいた私が、ふたたび起きあがったのは、金子先生の御父君が、これはいかがなものか、というので唄の文句を作り直された。その歌詞が、絶品だったからです。いくつか紹介されたなかでも、

〽秋蚕《あきご》しもうて麦まき終えて、秩父夜祭り待つばかり

これはいいですねえ。

「色は紫、ドドメ色」の迫力はありませんが、情緒ってものがある。

こういう曲が先にあって、そこに詞《ことば》をはめていくのを、塡詞《てんし》というんだそうですね。塡《てん》は、損失補塡の塡です。音楽業界では、曲先《きょくせん》とか、メロ先《せん》などといっていました。毛沢東なども、好んでこの遊びに時をすごしたという噂もあります。

思えば五十有余年のむかし、NHKラジオで、『秩父恋しや』という下手な歌の文句を書いたことがありました。作曲は、米山正夫さん。

米山さんには美空ひばりの『津軽のふるさと』など無数の名曲があります。とても面白い作曲家でした。いろいろ事情があって、その歌はレコード化されずにラジオで流れただけだったのですが、金子兜太さんの話を読んでいるうちに、ふとそんな遠い昔のことを思いだしたのです。

その詞の中に、秩父音頭の一節をはめこんだ記憶がありますが、一体どういう歌詞だったのか、今はさっぱり思いだせません。

ドドメ色とはどんな色？

しかし、ＮＨＫラジオで制作・放送したのですから、「おめこひっくりけえして」などというダイレクトな歌詞でなかったことだけはたしかでしょう。ひょっとすると、金子兜太さんの御父君の作詞を、勝手に無断借用したのではなかったか。

よみ人知らずの古い民謡だと思いこんでいたら、じつは明治・大正・昭和の人の作詞だった、などというのはよくあることです。

かつて『島原地方の子守唄』というのを、民謡と思いこんで小説の中で使って、叱られたことがありました。『最上川舟唄』とか、民謡の古典のような気がしていて、実際には新作だったという例は、いくつもあります。

それにしても『秩父音頭』の原詞《もとうた》と塡詞《てんし》のコントラストは凄い。その話をしたら、若い編集者から「ドドメ色とはどんな色ですか」ときかれて絶句した今日この頃でありました。

出口はどこかにあるものだ

寒い夏がやってきた。

これはいわゆる冷夏のことではない。

世の中に普及している冷房の効き過ぎが問題なのである。

夏になると、いや、夏が近づくと、どの建物でもガンガン冷房を強めるようになる。

もちろんクーラーの有難さは、言うまでもない。湿度と熱気のなかから、冷房の効いた室内に入った瞬間の快適さは、地獄に仏、といった感じだ。

炎天下にやっと拾ったタクシーに乗った瞬間、強烈な冷気で生き返ったような気持ちになった経験は、だれでもお持ちだろうと思う。

しかし、これも一瞬のことで、長時間続くと苦痛に感じることも少くない。

レストランや喫茶店で、冷気の吹出口の直下に坐ったりすると、思わず服の襟を立てたくなってくる。

「すみません。冷房を少し弱めてもらえませんか」

と、店の人に頼んでも、

「はぁ？　お寒いですか？　ふだんはいつもこの温度にさせて頂いておりますけど」

と、けげんな顔をされるのが落ちだ。

そこで、つい言わずもがなの理屈を言ってしまうのが悪い癖である。

「ふだんはこの温度といいますけどね。店内が満席で立てこんでる時と、ほら、きょうみたいにガラガラの時では温度差が出てくるんじゃないですか？　それにあなたがたは忙しそうに動き回っていらっしゃる。当然、体温もあがってるはずだから、適温と感じられるかもしれないけど、こっちはじっと坐ってるだけですからね。入店した一瞬は快適でも、長くは坐っていられない」

「わかりました。支配人と相談いたします」

と、丁寧だが、あきらかに納得のいかない口調である。

その瞬間、はたと気づいたのは、

〈長くは坐っていられない〉

と感じるのは、お店側の智恵かもしれない、ということである。土曜の午後の書き入れどきに、ゆっくり文庫本などをひろげられては、お店は迷惑だろう。

入店した際の一瞬の至福の快感と、長時間ねばってはいられない絶妙のバランスが工夫されているのではあるまいか。などと、つい考えてしまう夏である。

八方がふさがっていても…

最近、私は持ち歩くバッグの底に、冬用のスカーフを一枚、常備しておくようにした。三十年ほど前にインドで求めた極薄のパシュミナのスカーフである。

これが極端に薄くて軽いにもかかわらず、めっぽう暖かい。広げると大きな風呂敷ほどもあるが、ぎゅっと絞ると片手の拳《こぶし》ほどになる。

ひどく冷房の効いた店などに長居するときは、寒くなるとそれを首に巻く。これで万事解決だ。世の中には、万事休すと感じても、なんとか脱けだす道はあるのである。俗に〈八方ふさがり〉などという。進退きわまって、どこにも出口のない状態のことだろう。しかし、「八方」とは何か。

東、西、南、北、上、下、までは想像がつく。しかし、これでは六方だ。二方、足りない。

調べてみると、「上下」ではなかった。

「八方」とは、東・西・南・北の四方のほかに、北東、北西、南東、南西の四隅を足して「八方」というらしい。

しかし、考えてみると、八方はすべて平面の方角である。

八面がふさがっていても絶望することはない。目を転ずれば〈上・下〉という方向もあるではないか。八極がふさがっていても、もう二方あるのが世の中というものだ。

と、いうわけで、最近は冷夏を怖れなくなった。窮すれば通ず、とはこのことだろう。

それでも出口がみつからない状態で困ったときには、どうするか。

どこかで聞いた話だが、インドの偉い人がこんなことを言ったという。

「入ってきたところから出ればよい」

思わず笑ってしまった。けだし名言である。

コスパで語られる「死」

偉そうなことを言うようだが、私は〈死〉というものも、そういうものかもしれないと考えることがある。

じたばたすることはない。どう生きようかと悩むことはあっても、どう死ぬかを苦慮することはないのではあるまいか。

人は入ったところから出ていけばよいのだ。落ちついて十方を見回せば、どこかに入ってきた扉がある。ドアでなくても、窓からもぐりこんできたのかもしれない。天井板をはずして入室したのかもしれない。床板をはがしたら出口があるかもしれないではないか。

私もこれまでに「もう駄目だ」と思ったことが何度かあった。しかし、なんとかなるものである。出口はどこかにあるものなのだ。

最近、にわかに「死」をめぐる論評が目立つようになってきた。かつてデーケン先生が死について語った時以来の、「死のブーム」かもしれない。

しかし、あの時とちがうのは、「死」が現実的な手続きとして論じられることが多いことだ。いわく「終活」、いわく「相続」。

「死」がコスパ的に語られているような気がしてならない。寒い夏の到来を前にして、なんとなくうそ寒い気がしないでもないのである。

卆寿にして知ること

先日、〈卆寿お祝い〉ということで、いくつかお花を頂いた。

なるほど、九十歳を卆寿というのか、と、そのときはじめて知った。私も一応、下級知識人の端くれだが、いまどきの知識人といってもそんなものである。

いや、自分の物差しで人を測ってはいけない。世の中にはびっくりするほどの物知りが山ほどいらっしゃるのだから。

世間一般の義理やしきたりにくわしいのは、むしろ一般庶民、ふつうの人のほうに多い。落語にでてくる大家《おおや》さんだけでなく、熊さん、八っつぁんらも結構、物知りである。

友人の葬式にでたとき、行列の前の人がお香を三度いただいて合掌するのを見て、同じようにしたら、

「家によっては一回か二回のところもあります」

と、教えられたことがあった。

遺影の前の献花台に花を手向《たむけ》るとき、花のほうを前にして置いたら、まわりはみな反対に置かれている。あわてて向きを変えたことがある。

先日の安倍元首相の葬儀のときも、テレビで見ていたら、外国の人が戸惑って左右を確めているシーンが見られた。こういうのも世間の常識の一つだろうか。

その常識に欠けているのが、戦後育ちの私たちの世代である。自分の常識のなさを時代のせいにする気はないが、どうもあれこれ欠落しているところが多い。

生業も間違いだらけ

私も文章を書くことを生業《なりわい》にしてから六十年以上たつが、いまだにギョッとするような間違いをやらかすことがある。

卆寿を迎えて、早々にショックを受けたのは、先日の毎日新聞の記事だった。国語に関する文化庁の世論調査の話である。

国語に関する世論調査によると、「大きな声を出すこと」という意味の「声を荒らげる」という言葉を、本来の「あららげる」と読んだ人は十二・二パーセントにとどまり、七九・七パーセントの人が「あらげる」と回答したというのだ。

これを読んで、私はつい「本当かよ」と声をあらげてしまった。「声を荒げる」という言葉を、不肖、作家である私は九十歳になるまで「あらげる」と読んできたのだ。

あわてて手持ちの電子辞書を引くと、たしかに「声をあららげる」と出ている。念のために「荒げる」を見てみると、短く「アララゲルの約」とあった。「約」とはなにか、再度、引いてみる。

いろいろ書いてあるが、要するに「つづめること」であるという。「省略」の意味らしい。

「つづめる」？

要約すること、短くすること、などと説明してあるが、「つずめる」はない。私はこれまでずっと「つずめる」と書いてきた。これも間違いだったのか。頭が混乱してきた。〈間違いだらけの人生〉という言葉が浮かぶ。卆寿のこの齢まで一事が万事、ずいぶん適当に生きてきたんだな、と、ホゾを噬《か》む思いだった。中学生の頃は、ヘソを噬む、と書いて笑われたことがあったのだ。

いや、待てよ、と、どこかで声がする。〈臍《ほぞ》を噬む〉とは、単に後悔するというだけのことなのだろうか。なにかその奥にもっと底知れぬ深淵がうかがえるような感じがなくもない。

後悔するだけではない。「いまさら後悔しても取りもどすことはできないのだ」という虚無の深淵がそこにはあるのではないか。

はたして自分に言葉を使って生業《たつき》とする資格があるのだろうかと、混迷は深まっていくばかりであった。

歳をとるのはおもしろい

しかし、と、あらためて考える。「アラゲル」が「アララゲル」の簡略化であるのなら、必ずしもそれを間違いと両断するわけにもいかないのではないだろうか。

世の中は変化する。漢字の国、中国でさえも字体を簡略化し、タテの文字をヨコに組む時代だ。

「ハンパない」とか「ウマー」とかいう若者たちの言葉も、やがては定着し、ふつうの表現におさまるのかもしれない。映画やドラマを三倍速で見、古典を十分で読む時代である。「約」や「略」を排しているうちに、世の中はどんどん先へ追い越していってしまうだろう。

私が長年ずっと使いつづけてきていた「あらげる」も、必ずしも間違いではなかった。「ハンパない」や「ウマー」と同じく、粗雑な「約語」だったのだと納得した。

この「速くする」「短くする」風潮とは逆に、この国の長寿化はすすむばかりである。

世界最高の長寿国、といえばきこえはいいが、要するに老人大国ということだ。卆寿のお祝いに花を頂いて、どこか身がすくむ思いがした。

貴重なものは、数が少いから貴重なのである。ウクライナの情勢が混迷し、一部動員令がでたロシアから、若者や成人が続々と国外へ逃避しつつあるという。

兵士たりえない高齢者ばかりが残された国は、はたしてどうなるのだろうか。

歳をとることは、おもしろいことである。予想もしなかった出来事が、つぎつぎと展開するのを眺めながら、「卆寿にして知る」、という言葉が身にしみて感じられる秋がきた。

風雨強かるべしと覚悟する

経済のことはまるでわからないのだが、最近、円が安くなったとかで騒がれている。円が安いとは、どういうことか。たとえば一ドルを手に入れるために、これまでより沢山円を払うということだろうか。

いまのところ、百四十円台後半から百五十円前後で動いているらしい。外国人観光客が大喜びしている、と新聞記事にもなっていた。

「ヤスーイ！」

と、テレビショッピングで奇声を発するお嬢さんが話題だが、

「ニッポン、ヤスーイ！」

と、どこかで声がきこえそうだ。

しかし、私が戦後はじめて外国を訪れたときは、円はもっと安かった。一九六五年に当時のソ連を経由して北欧へでかけた。そのときは、一ドル三百六十円の固定相場だったと思う。ヤミで外貨を手に入れるルートがあって、そっちのほうは一ドル四百円。

また、その後何十年かしてヨーロッパへでかけたときは、チューリッヒで一ドル七十円台後半で両替えした記憶がある。〈ジャパン・アズ・ナンバーワン〉の時代だ。

円の値段がイコール国の値段だとも思わないが、なんとなく気になる数字ではある。

一万円札をだして、その国のお札がどっさり返ってくると、理屈ぬきで嬉しい。胸を張りたいような気分だ。

それが逆だと、ちょっと肩をすくめる気分になる。外国人観光客が、

「ヤスーイ！」

などと歓声をあげていたりすると、

「よかったね！　ウエルカム！」

といった感じにはなれないのだ。かつて東南アジアを訪れたわが同胞のはしゃぎぶり

を思いだしたりするからである。

煙草と酒と砂糖

いつ頃のことだったか、経済危機におちいった東欧の国を訪れたとき、山のようにその国のお札をもらったことがあった。風に四、五枚とばされても、拾う人もいない。その国が極度のインフレに陥って大変だった時期である。

私は自慢ではないが、金銭感覚がほとんど無いにひとしい人間である。敗戦後に、それまでの紙幣が紙くずになって、モノだけが価値をもつ時代を少年期に体験したからだろう。

本格的なハイパーインフレがやってきそうな気配がでてきたら、どうするか。

まず、煙草と、酒と、そして砂糖をあり金はたいて山ほど買い込む。

私は何度も本格的なインフレに襲われた国を旅してきた。崩壊前のソ連の最悪の時期も見てきた。そんな時に活発化するのは、闇市、ブラックマーケットである。

そこでは紙幣は通用しない。モノとモノとの交換が唯一の方法である。

そういう場所で力を発揮するのは、生活必需品だと思うだろう。米とか、小麦粉とか、オイルとか。

しかし、そうではない。闇市での人気商品は、常に煙草、酒、砂糖、なのだ。ロレックスの時計も、ジョン・ロブの靴も、パシュミナのマフラーも、端役にすぎない。人間とは窮地におちいっても、そんなものなのだ。

百年に一度のピンチ

円が今後どうなるかは、私には見当がつかない。しかしわかることは一つある。

それは日本人の平均寿命が、さらに長くなっていくだろうということだ。

現在、百歳以上の高齢者の数は、九万人をこえている。五十二年連続で過去最高を記録しつつあるという。この十年間で一・八倍に増えているらしい。

ちなみに今年度中に百歳になる人数は、四万五千人をこえると新聞は報じていた。さらに六十五歳以上の数は、三千六百二十七万人に達する。あと少しで国民の三十パーセントに迫る数字である。

円は安くなる。国民の寿命は長くなる。まあ、言い古された言葉だが、百年に一度のピンチではあるまいか。

年寄りの数を一気に減らすことは、とうてい無理だろう。卆寿などとなどと他人ごとのように書いているが、私自身もその重荷の一人である。卆寿などといわれて、よろこんでいるわけにはいかない。

個人的にできることは、いくつかあるはずだ。

できるだけ体に気をつけて、社会に迷惑をかけないようにつとめる。健康は自分のためのものではない。世の中のため、国のために健康につとめよう。

できることを探して働く。

定年後はゴルフと食べ歩き、などというのは心得ちがいである。なにか生産的なことはないか、鵜《う》の目、鷹《たか》の目でさがす。

ちょっと具合が悪くなったらすぐに医者にいく、というのも考えものだ。心と体をすこやかに保つ、というのは、決して楽なことではない。

私はずっと昔から体のことを、真剣に考えてきた。年をとる、ということは、楽なことではない。長生きしてめでたい、などということはないのである。

円はさがり、寿命はあがる。私たちはかなり厄介な時期に生きているのだ。

コロナの行方も、さだかではない。どうやら難しい時期にめぐり合わせた感がある。

風雨強かるべし、と覚悟をきめるしかなさそうだ。

明鏡止水いまだ遠し

前にも同じことを書いた憶えがあるが、もう一度くり返して書かせていただく。

朝食のあと、仕事場の近くの公園を十五分ほど散歩するのが習慣になった。

杖をついて、ゆっくり歩いていると、トレーニングウェアの若い人たちが、横をすり抜けるように追いこしていく。邪魔にならないようにと、道路の端っこを歩きながら、彼や彼女らとの歩幅の違いに愕然とする。

〈歩幅とその人の生存期間は比例する〉

と、ある医学者が言っていた。なるほど。一理ある説ではある。ひとつ頑張って大股で歩いてみようかと試みたが、脚が痛くなってすぐにやめた。

歩幅がその人の人生の長さに比例するのではあるまい、と考えたからだ。人の歩幅は、その人の残りの生存期間に比例する、というのが正解ではないだろうか。

公園の道路には、たくさんのカラスや鳩が群れて何かをつついている。若い人たちが近づいていくと、鳥たちは一斉にバタバタと飛びたって移動する。以前は私が近づいていくと、同じように彼らは一斉に逃げたものだった。

私が杖をついてとぼとぼ近づいていく。

ところが、ある時期からカラスや鳩たちが逃げなくなってきたのだ。横目で私を見ながら、さも面倒くさそうに道を開けながら、平然と何かをつついて飛びたたない。

要するに無視されているのだ。

枯れ落ち葉にすぎない

私は当初、それに気づいたとき、なんとなく嬉しかった。私のほうに敵意や害意がなく、動物の一員として自然に歩いているからだと思ったのだった。

〈自然法爾《じねんほうに》〉とまではいかなくても、生きものの一員として、自然に調和しているからだ、と考えたのである。

鳥たちも、害意をもたず無心に歩いている私を、同じ動物の一員として認めてくれたのだろう、と勝手に嬉しがっていたのだ。

しかし、今にして思えば、それは傲慢であった。

枯れ落ち葉が飛んできたとしても、鳥たちは逃げたりはしない。気にもとめないだろう。

要するに私が歩いて接近してきても、彼や彼女たちにとっては何の関心もないわけだ。私は無視されていた。私は一葉の濡れ落ち葉にすぎない。警戒する必要さえもない存在だったのである。

そのことに気付いたとき、私はひどくがっかりした。

しかし、その反面で、なにかとても気持ちが軽くなったような、自由になったような感じがしたのも事実である。

社会における高齢者の存在に、私はこれまで何らかの理由を考え出そうと苦慮していたのだが、それが一気に解決したような気がした。

要するに老人は〈邪魔をせずに〉生きていけばいいのだ。それが自然のありかたなのだ。

舞い散る落葉は季節の風物詩である。人びとは、それを踏みながら歩いていく。

「余計者」という言葉

なにを言ってるんだ、という声がきこえる。

わずかな年金で静かに生きられると思うのか。その年金にさえ加入していなかった人びとにどうしろと言うのか、と。

まして世はあげてインフレの時代だ。

インフレには苦い記憶がある。

インフレは若い世代には追い風で、高齢者には向い風だ。強者に活気をあたえ、弱者に痛みをあたえるのがインフレである。

政府は延々とインフレを起こさせようと努力してきた。その甲斐あって、予想外のインフレが実現して、国はさぞ満足なことだろう。

などと考えながら散歩をしていたのでは、鳥たちとは仲良くできない。

年寄りは社会の弱者たれ、と言うのか、と怒りの声がきこえる。

十九世紀のロシアには〈余計者〉という言葉があった。ツルゲーネフの小説などにでてくるタイプだ。

最近の中国の若者たちにも、そんな人たちがでてきているらしい。〈寝そべり族〉などと呼ばれるのがそれだ。

いま、わが国は史上まれな事態をむかえているらしい。

もちろん高齢化においては〈ジャパン・アズ・ナンバーワン〉だ。二百カ国のなかで第一位の金メダルというから驚きである。

二位がイタリア。三位フィンランドと続く。

さて、どうすればいいのか、などと額にしわを寄せて歩いていると、とたんにカラスや鳩の群れがバタバタと羽ばたいて飛び去った。

やはりこちらの心中を察してのことだろうか。人はいくつになっても明鏡止水などという境地にはなれないものなのだ。

極楽浄土という世界

先日、新聞の投書欄で読んだ女子中学生からの投書が忘れられない。たしか十三歳かそこいらの少女だったと思う。文章の細部はすでに記憶にない。おおまかな内容と、最後の結びの言葉だけが今も忘れられないのである。

その中学生の家には、年配のおじいちゃんがいらした。もともと謹厳実直なかたで、あまり冗談もおっしゃらない。孫の彼女にとってはなんとなくとっつきにくくて、ちょっと怖い存在だったようだ。要するにあまり打ちとけた関係ではなかったということだろう。

ところが、そのおじいちゃんが年とともに少しずつボケがでてきたらしい。すると以前のような堅苦しさが和らいで、どこか穏やかな応対をしてくれるようになったという。

〈わたしは今のおじいちゃんが好きです〉

といった結びの言葉だったと記憶している。

なにしろ最近、いろんなことをすぐに忘れてしまうようになったので、実際の投書とはちがうかもしれない。だが、大筋はそんな話だった。つまり少しずつボケてくることで、春風で氷がとけてくるように、和らいだお人柄になってきた、という話である。

とにかく、最後の結びの言葉がよかった。

〈わたしは今のおじいちゃんが好きです〉

これを読んで、ささくれだった心がなんとなくホンワカと温まる感じがした。

とても良い人だが、やたら口うるさい人がいる。そんなこまかいところまで注文をつけずに、ほっといてくれたら、どんなに楽しいだろうと思う。善意から発するアドバイスがうるさい。あれこれ言わずに黙っていてくれたら、めちゃ楽しい人なのに、と仲間とも話すことがある。

ボケにもいろいろあることはわかっている。攻撃的になったり、乱暴になったりする人もある。そういうのではなく、少女の投書にあったおじいちゃんのように、ホンワカと少し緩んだ感じにボケることはできないものだろうか。

本人にも、周囲にも、そういうボケかたができれば、と切に思うところがある。

犬が吠えない相手

最近は認知症や初期のアルツハイマーの進行を抑制する効果のある医薬品もぼちぼち研究開発されつつあるらしい。

しかし、私はそれよりも、なにか事前の努力とか訓練などで、ボケを多少とも制御する道を模索することのほうが大事なような気がするのだ。それにはボケを、加齢によって自然に訪れる人間的な変化と受けとめることが必要だろう。

ボケを排除したり、病気として退治したりすることをやめる。正しくボケる。人に好かれるボケかたをする。それを一種の修養としてやる。早くから明かるく楽しいボケをめざして研鑽する。

どうせボケるなら、良くボケたいと思う。〈うらやましいボケかた〉という境地が、どこかにあるのではなかろうか。

寺で坐禅を組むのもいいだろう。ボランティアに参加して汗水流すのもいいだろう。本当に良いボケかたをめざして修行をするのもいい。

昔の悟りをひらいた人というのは、その道をきわめた先達のことではなかったかなどと不遜なことを考える。

私が友人から聞いた話に、こんなのがあった。

近所にやたら吠えまくる凶暴な犬がいた。人の姿さえ見れば気が狂ったかのように吠えまくる。

郵便配達の人であろうと、だれであろうと、とにかく人の姿さえ見れば吠え狂う、とんでもない犬だった。

ところが、その犬がなぜか吠えないで黙っている相手がふた通りあった。近所の保育園から出てくる幼児と、それから老人ホームから無断外出して徘徊しているお年寄り、この両者だけにはワンともキャンともいわない。黙って眺めているだけだというのである。

「いったいどういうことなんだろうねえ」

と、その話をしてくれた人は不思議そうに首をかしげていた。

極楽浄土とは

私は年少のころ、いろんな本や物語などに出てくる名僧、老師などの〈悟り〉というのがよくわからなかった。悟った人には世の中がどんなふうに見えるのだろうか。どうすればそのような〈悟り〉の境地に達することができるのか。

しかし、ひょっとしたら〈悟った人〉というのは、〈正しくボケた人〉のことではないかと、最近、思うようになってきたのだ。

〈深くボケる〉〈高くボケる〉。その境地に達した人は、暴れたり、怒鳴ったりはしない。世界も、人間も、柔らかくフォーカスされた視界のなかで、ボンヤリとかすんで見えるだけだ。

今後、高齢社会が進むにしたがって、ボケを抑止する薬品や、トレーニングが流行するにちがいない。ボケない人生をめざす食事法や、記憶増強のメソッドなども開発されるだろう。

しかし、人は必ずボケる。そう覚悟したなら、より良いボケかた、正しいボケかた、優しいボケをめざして努力すべきだろう。

そのためにはどうすればよいか。

世の中を明かるくするようなボケかた、凶暴な犬にも吠えられないボケかた、極楽浄土というのは、その世界のことではないかと思ったりすることもあるのだ。

初出・『週刊新潮』連載「生き抜くヒント！」

五木寛之　1932年福岡県生まれ。作家。『蒼ざめた馬を見よ』で直木賞、『青春の門 筑豊篇』他で吉川英治文学賞。近著に『私の親鸞』『一期一会の人びと』など。

Ⓢ新潮新書

990

うらやましいボケかた

著　者　五木寛之《いつきひろゆき》

2023年3月20日　発行
2023年4月20日　2刷

発行者　佐藤隆信

発行所　株式会社 新潮社

〒162-8711　東京都新宿区矢来町71番地
編集部(03)3266-5430　読者係(03)3266-5111
https://www.shinchosha.co.jp

装幀　新潮社装幀室

印刷所　大日本印刷株式会社

製本所　加藤製本株式会社

ISBN978-4-10-610990-4　C0290

価格はカバーに表示してあります。